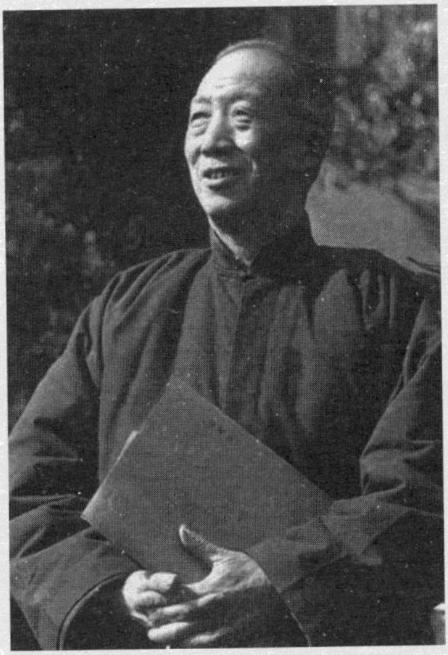

流金文丛

梓室随笔

陈从周 著

张昌华 选编

商务印书馆

出版前言

岁月流沙,时光在俯仰之间不经意中从我们指尖滑落;岁月流金,光阴在云起云落的当儿,世人创造了多少辉煌的业绩,铸就了社会的文明与进步。流沙是岁月之花,流金是岁月之果。

我们出版这套"流金文丛",旨在梳理扒抉现当代文人墨客的"流金"——性情之作,即闲适的零墨散笺。这些作品多为作者在月光里、芭蕉下、古砚边搦管挥毫的闲情偶寄,或是在花笺上信手点染的斗方小品。这些佳构华章,曾星散在历史卷宗的字行间,有的不大为人注目,我们将这些吉光片羽珠串结集于斯。丛书内容丰赡、题材多样:书简、日记、随笔、词章或其他,类盘中的珠玉,似掌上的紫砂,如心中的玫瑰,可赏可玩可品;然又不失思想,不阙情趣,不乏品位。

我们多么希望这套"流金文丛"能流入阁下的书斋,站在你的书架上。

目录

说园悟趣 ——————————— 〇〇一

说园　　　　　　　　　　〇〇二

续说园　　　　　　　　　〇一三

说园（三）　　　　　　　〇二三

说园（四）　　　　　　　〇三四

说园（五）　　　　　　　〇四四

说竹　　　　　　　　　　〇五二

说兰　　　　　　　　　　〇五四

园林清议　　　　　　　　〇五八

园日涉以成趣　　　　　　〇六四

赏园析美 ○六九

悠然把酒对西山：颐和园　　○七○
小有亭台亦耐看：网师园　　○七三
庭院深深深几许：留园　　○七七
二分明月在扬州：扬州园林　　○七九
上海的豫园与内园　　○八三
闲话西湖园林　　○八八
中国的园林艺术与美学　　○九二
中国诗文与中国园林艺术　　一○九
园林与山水画　　一一四
园林美与昆曲美　　一一八
梓室谈美　　一二三
蕉叶钟情　　一二七

梳典拾史 ——————————— 一三一

朱元璋之像　　　　　　　　一三二
袁枚与龚自珍旧居　　　　　一三三
张之洞轶事　　　　　　　　一三六
绍兴秋瑾的老家　　　　　　一三八
叶恭绰与网师园　　　　　　一四二
柳亚子为廖仲恺撰写碑文　　一四五
周叔弢与扬州小盘古　　　　一四七
也谈闻一多的封面画　　　　一四九
俞平伯与曲园　　　　　　　一五一
天一阁东园记　　　　　　　一五四
衍芬草堂藏书楼　　　　　　一五六

剪烛忆旧 ——————— 一六六

  故居　　　　　　　　　　一六四
  读书的回忆　　　　　　　一六九
  书边人语　　　　　　　　一七五
  灯边杂忆　　　　　　　　一八五
  岁暮忆旧　　　　　　　　一八九
  梓室随笔　　　　　　　　一九二
  人间爱晚晴　　　　　　　一九九
  我的第一本书——《苏州园林》　二〇二
  贝聿铭与香山饭店　　　　二〇五
  陋室新铭　　　　　　　　二一〇

缅师怀友 ———— 二一三

寻师得师记　　　　　　　　　　二一四

记徐志摩　　　　　　　　　　　二一七

含泪中的微笑——记陆小曼画山水卷　二三三

蜀道连云别梦长——忆张大千师　　二三七

往事迷风絮——怀叶恭绰先生　　二四一

瘦影——怀梁思成先生　　　　　二四六

怀林徽因　　　　　　　　　　　二五二

草堂终古说缘缘　　　　　　　　二五五

呼兮吁兮 ———— 二五九

苏州园林今何在? 二六〇
造风景还是煞风景 二六三
湖心亭怎么办? 二七一
呼吁:斧斤不入山村 二七三
吹皱南北湖 二七五
闲话修路 二七七
"哀悼"芙蓉鸟 二八〇
滇池虽好莫回头 二八二
欲说还休怨"旅游" 二八五
大好青春应珍惜　用功读书莫经商
　——给某大学生的一封信 二八八
对上海市档案馆的希望 二九一

编后记 —————————— 二九三

匠心独运
　　——《梓室随笔》编后絮语　　二九四

说园悟趣

说园

我国造园具有悠久的历史,在世界园林中树立着独特风格,自来学者从各方面进行分析研究,各抒高见。如今就我在接触园林中所见闻掇拾到的,提出来谈谈,姑名《说园》。

园有静观、动观之分,这一点我们在造园之先,首要考虑。何谓静观,就是园中予游者多驻足的观赏点;动观就是要有较长的游览线。二者说来,小园应以静观为主,动观为辅。庭院专主静观。大园则以动观为主,静观为辅。前者如苏州"网师园",后者则苏州"拙政园"差可似之。人们进入网师园宜坐宜留之建筑多,绕池一周,有槛前细数游鱼,有亭中待月迎风,而轩外花影移墙,峰峦当窗,宛然如画,静中生趣。至于拙政园径缘池转,廊引人随,与"日午画船桥下过,衣香人影太匆匆"的瘦西湖相仿佛,妙在移步换影,这是动观。立意在先,文循意出。动静之分,有关园林性质与园林面积大小。像上海正在建造的盆景园,则宜以静观为主，即为一例。

中国园林是由建筑、山水、花木等组合而成的一个综合艺术品，富有诗情画意。叠山理水要造成"虽由人作，宛自天开"的境界。山与水的关系究竟如何呢？简言之，范山模水，用局部之景而非缩小（网师园水池仿虎丘白莲池，极妙），处理原则悉符画本。山贵有脉，水贵有源，脉源贯通，全园生动。我曾经用"水随山转，山因水活"与"溪水因山成曲折，山蹊（路）随地作低平"来说明山水之间的关系，也就是从真山真水中所得到的启示。明末清初叠山家张南垣主张用平冈小陂、陵阜陂阪，也就是要使园林山水接近自然。如果我们能初步理解这个道理，就不至于离自然太远，多少能呈现水石交融的美妙境界。

中国园林的树木栽植，不仅为了绿化，且要具有画意。窗外花树一角，即折枝尺幅；山间古树三五，幽篁一丛，乃模拟枯木竹石图。重姿态，不讲品种，和盆栽一样，能"入画"。拙政园的枫杨、网师园的古柏，都是一园之胜，左右大局，如果这些饶有画意的古木去了，一园景色顿减。树木品种又多有特色，如苏州留园原多白皮松，怡园多松、梅，沧浪亭满种箬竹，各具风貌。可是近年来没有注意这个问题，品种搞乱了，各园个性渐少，似要引以为戒。宋人郭熙说得好："山以水为血脉，以草为毛发，以烟云为神采。"草尚如此，何况树木呢！我总觉得一个地方的园林应该有那个地方的植物特色，并且土生土长的树木存活率大，成长得快，几年可茂然成林。它与植物园有别，是以观赏为主，而非以种多斗奇。要能做到"园以景胜，景因园异"，那真是不容易。这当然也包括花卉在内。同中求不同，不同中求同，我国园林是各具风格的。古代园林在这方面下过功夫，虽亭台楼阁，山石水池，而能做到风花雪月，光景常新。我们民族在欣赏艺术上存乎一种特性，花木重姿态，音乐重旋律，书画重笔意等，都表现了要用水磨功夫，才能达到耐看耐听，经得起细细的推敲，蕴藉有余味。在民族形式的探讨上，这些似乎对我们有所启发。

园林景物有仰观、俯观之别，在处理上亦应区别对待。楼阁掩映，山石森严，曲水湾环，都存乎此理。"小红桥外小红亭，小红亭畔，高柳万蝉声。""绿杨影里，海棠亭畔，红杏梢头。"这些词句不但写出园景层次，有空间感和声感，同时高柳、杏梢，又都把人们视线引向仰观。文学家最敏感，我们造园者应向他们学习。至于"一丘藏曲折，缓步百跻攀"，则又皆留心俯视所致。因此园林建筑物的顶，假山的脚，水口，树梢，都不能草率从事，要着意安排。山际安亭，水边留矶，是能引人仰观、俯观的方法。

我国名胜也好，园林也好，为什么能这样勾引无数中外游人百看不厌呢？风景洵美，固然是重要原因，但还有个重要因素，即其中有文化，有历史。我曾提过风景区或园林有文物古迹，可丰富其文化内容，使游人产生更多的兴会、联想，不仅仅是到此一游，吃饭喝水而已。文物与风景区园林相结合，文物赖以保存，园林借以丰富多彩，两者相辅相成，不矛盾而统一。这样才能体现出一个有古今文化的社会主义中国园林。

中国园林妙在含蓄，一山一石耐人寻味。立峰是一种抽象雕刻品，美人峰细看才像美人，九狮山亦然。鸳鸯厅的前后梁架，形式不同，不说不明白，一说才恍然大悟，竟寓鸳鸯之意。奈何今天有许多好心肠的人，惟恐游者不了解，水池中装了人工大鱼，熊猫馆前站着泥塑熊猫，如做着大广告，与含蓄两字背道而驰，失去了中国园林的精神所在，真太煞风景。鱼要隐现方妙，熊猫馆以竹林引胜，渐入佳境，游者反多增趣味。过去有些园名如寒碧山庄（留园）、梅园、网师园，都可顾名思义，园内的特色是白皮松、梅、水。人尽皆知的西湖十景，更是佳例。

亭榭之额真是赏景的说明书，拙政园的荷风四面亭，人临其境，即无荷风，亦觉风在其中，发人遐思。而联对文辞之隽永，书法之美妙，更令人一唱三叹，徘徊不已。

镇江焦山顶的"别峰庵",为郑板桥读书处,小斋三间,一庭花树,门联写着"室雅何须大,花香不在多",游者见到,顿觉心怀舒畅,亲切地感到景物宜人,博得人人称好,游罢个个传诵。至于匾额,有砖刻、石刻,联屏有板对、竹对、板屏、大理石屏,外加石刻书条石,皆少用画,比具体的形象来得曲折耐味。其所以不用装裱的屏联,因园林建筑多敞口,有损纸质,额对露天者用砖石,室内者用竹木,皆因地制宜而安排。住宅之厅堂斋室,悬挂装裱字画,可增加内部光线及音响效果,使居者有明朗清静之感,有与无,情况大不相同。当然宣纸规格、装裱大小皆有一定,乃根据建筑尺度而定。

园林中曲与直是相对的,要曲中寓直,灵活应用,曲直自如。画家讲画树,要无一笔不曲,斯理至当。曲桥、曲径、曲廊,本来在交通意义上,是由一点到另一点而设置的,园林中两侧都有风景,随直曲折一下,使行者左右顾盼有景,信步其间使距程延长,趣味加深。由此可见,曲本直生,重在曲折有度。有些曲桥,定要九曲,既不临水面(园林桥一般要低于两岸,有凌波之意),生硬屈曲,行桥宛若受刑,其因在于不明此理(上海豫园前九曲桥即坏例)。

造园在选地后,就要因地制宜,突出重点,作为此园之特征,表达出预想的境界。北京圆明园,我说它是"因水成景，借景西山"，园内景物皆因水而筑，招西山入园，终成"万园之园"。无锡寄畅园为山麓园，景物皆面山而构，纳园外山景于园内。网师园以水为中心，殿春簃一院虽无水，西南角凿冷泉，贯通全园水脉，有此一眼，绝处逢生，终不脱题。新建东部，设计上既背固有设计原则，且复无水，遂成僵局，是事先对全园未作周密的分析，不假思索而造成的。

园之佳者如诗之绝句，词之小令，皆以少胜多，有不尽之意，寥寥几句，弦外之音犹绕梁间（大园总有不周之处，正如长歌慢调，难以一气呵成）。我说园外有园，景外有景，即包括在此意之内。园外有景妙在"借"，景外有景在于"时"，花影、树影、云影、水影、风声、水声、鸟语、花香，无形之景，有形之景，交响成曲。所谓诗情画意盎然而生，与此有密切关系。

万顷之园难以紧凑，数亩之园难以宽绰。紧凑不觉其大，游无倦意，宽绰不觉局促，览之有物，故以静、动观园，有缩地扩基之妙。而大胆落墨，小心收拾（画家语），更为要谛，使宽处可容走马，密处难以藏针（书家语）。故颐和园有烟波浩渺之昆明湖，复有深居山间的谐趣园，于此可悟消息。造园有法而无式，在于人们的巧妙运用其规律。计成所说的"因借"（因地制宜，借景），就是法。

《园冶》一书终未列式。能做到园有大小之分，有静观动观之别，有郊园市园之异等等，各臻其妙，方称"得体"（体宜）。中国画的兰竹看来极简单，画家能各具一格；古典折子戏，亦复喜看，每个演员演来不同，就是各有独到之处。造园之理与此理相通。如果定一式，使学者死守之，奉为经典，则如画谱之有《芥子园》，文章之有"八股"一样。苏州网师园是公认为小园极则，所谓"少而精，以少胜多"。其设计原则很简单，运用了假山与建筑相对而互相更换的一个原则（苏州园林基本上用此法。网师园东部新建反其道，终于未能成功），无旱船、大桥、大山，建筑物尺度略小，数量适可而止，亭亭当当，像个小园格局。反之，狮子林增添了大船，与水面不称，不伦不类，就是不"得体"。清代汪春田重葺文园有诗："换却花篱补石阑，改园更比改诗难；果能字字吟来稳，小有亭台亦耐看。"说得透彻极了，到今天读起此诗，对造园工作者来说，还是十分亲切的。

　　园林中的大小是相对的，不是绝对的，无大便无小，无小也无大。园林空间越分隔，感到越大，越有变化，以有限面积，造无限的空间，因此大园包小园，即基此理（大湖包小湖，如西湖三潭印月）。此例极多，几成为造园的重要处理方法。佳者如拙政园之枇杷园、海棠坞，颐和园的谐趣园等，都能达到很高的艺术效果。如果入门便觉是个大园，内部空旷平淡，令人望而生畏，即入园亦未能游遍全园，故园林不起游兴是失败的。如果景物有特点，委婉多姿，游之不足，下次再来。风景区也好，园林也好，不要使人一次游尽，留待多次有何不好呢？我很惋惜很多名胜地点，为了扩大空间，更希望能一览无余，甚至于希望能一日游或半日游，一次观完，下次莫来，将许多古名胜园林的围墙拆去，大是大了，得到的是空，西湖平湖秋月、西泠印社都有这样的后果。西泠饭店造了高层，葛岭矮小了一半。扬州瘦西湖妙在瘦字，今后不准备在其旁建造高层建筑，是有远见的。本来瘦西湖风景区是一个私家园林群（扬州城内的花园巷，同为私家园林群，一用水路交通，一用陆上交通），其妙在各园依水而筑，独立成园，既分又合，隔院楼台，红杏出墙，历历倒影，宛若图画。虽瘦而不觉寒酸，反窈窕多姿。今天感到美中不足的，似觉不够紧凑，主要建筑物少一些，分隔不够。在以后的修建中，这个原来瘦西湖的特征，还应该保留下来。拙政园将东园与之合并，大则大矣，原来部分益现局促，而东园辽阔，游人无兴，几成为过道。分之两利，合之两伤。

　　本来中国木构建筑，在体形上有其个性与局限性，殿是殿，厅是厅，亭是亭，各具体例，皆有一定的尺度，不能超越，画虎不成反类犬，放大缩小各有范畴。平面使用不够，可几个建筑相连，如清真寺礼拜殿用勾连搭的方法相连，或几座建筑缀以廊庑，成为一组。拙政园东部将亭子放大了，既非阁，又不像亭，人们看不惯，有很多意见。相反，瘦西湖五亭桥与白塔是模仿北京北海大桥、五龙亭及白塔，因为地位不够大，将桥与亭合为一体，形成五亭桥，白塔体形亦相应缩小，这样与湖面相称了，形成了瘦西湖的特征，不能不称佳构，如果不加分析，难以辨出它是一个北海景物的缩影，做得十分"得体"。

远山无脚，远树无根，远舟无身（只见帆），这是画理，亦造园之理。园林的每个观赏点，看来皆一幅幅不同的画，要深远而有层次。"常倚曲阑贪看水，不安四壁怕遮山。"如能懂得这些道理，宜掩者掩之，宜屏者屏之，宜敞者敞之，宜隔者隔之，宜分者分之，等等，见其片段，不呈全形，图外有画，咫尺千里，余味无穷。再具体点说：建亭须略低山巅，植树不宜峰尖，山露脚而不露顶，露顶而不露脚，大树见梢不见根，见根不见梢之类。但是运用上却细致而费推敲，小至一树的修剪，片石的移动，都要影响风景的构图。真是一枝之差，全园败景。拙政园玉兰堂后的古树枯死，今虽补植，终失旧貌。留园曲溪楼前有同样的遭遇。至此深深体会到，造园困难，管园亦不易，一个好的园林管理者，他不但要考查园的历史，更应知道园的艺术特征，等于一个优秀的护士对病人作周密细致的了解。尤其重点文物保护单位，更不能鲁莽从事，非经文物主管单位同意，须照原样修复，不得擅自更改，否则不但破坏园林风格，且有损文物，关系到党的文物政策问题。

郊园多野趣，宅园贵清新。野趣接近自然，清新不落常套。无锡蠡园为庸俗无野趣之例，网师园属清新典范。前者虽大，好评无多；后者虽小，赞辞不已。至此可证园不在大而在精，方称艺术上品。此点不仅在风格上有轩轾，就是细至装修陈设皆有异同。园林装修同样强调因地制宜，敞口建筑重线条轮廓，玲珑出之，不用精细的挂落装修，因易损伤；家具以石凳、石桌、砖面桌之类，以古朴为主。厅堂轩斋有门窗者，则配精细的装修。其家具亦为红木、紫檀、楠木、花梨所制，配套陈设，夏用藤棚椅面，冬加椅披椅垫，以应不同季节的需要。但亦须根据建筑物的华丽与雅素，分别作不同的处理，华丽者用红木、紫檀，雅素者用楠木、花梨；其雕刻之繁简亦同样对待。家具俗称"屋肚肠"，其重要可知，园缺家具，即胸无点墨，水平高下自在其中。过去网师园的家具陈设下过大功夫，确实做到相当高的水平，使游者更全面地领会我国园林艺术。

古代园林张灯夜游是一件大事，屡见诗文，但张灯是盛会，许多名贵之灯是临时悬挂的，张后即移藏，非永久固定于一地。灯也是园林一部分，其品类与悬挂亦如屏联一样，皆有定格，大小形式各具特征。现在有些园林为了适应夜游，都装上电灯，往往破坏园林风格，正如宜兴善卷洞一样，五色缤纷，宛若餐厅，几不知其为洞穴。要还我自然。苏州狮子林在亭的戗角头装灯，甚是触目。对古代建筑也好，园林也好，名胜也好，应该审慎一些，不协调的东西少强加于它。我以为照明灯应隐，装饰灯宜显，形式要与建筑协调。至于装挂地位，敞口建筑与封闭建筑有别，有些灯玲珑精巧不适用于空廊者，挂上去随风摇曳，有如塔铃，灯且易损，不可妄挂。而电线电杆更应注意，既有害园景，且阻视线，对拍照人来说，真是有苦说不出。凡兹琐琐，虽多陈音俗套，难免絮聒之讥，似无关大局，然精益求精，繁荣文化，愚者之得，聊资参考！

《同济大学学报》建筑版1978年第2期

续说园

造园一名构园，重在构字，含义至深。深在思致，妙在情趣，非仅土木绿化之事。杜甫《陪郑广文游何将军山林十首》《重过何氏五首》，一路写来，园中有景，景中有人，人与景合，景因人异。吟得与构园息息相通，"名园依绿水，野竹上青霄"，"绿垂风折笋，红绽雨肥梅"，园中景也。"兴移无洒扫，随意坐莓苔"，"石阑斜点笔，桐叶坐题诗"，景中人也。有此境界，方可悟构园神理。

风花雪月，客观存在，构园者能招之即来，听我驱使，则境界自出。苏州网师园，有亭名"月到风来"，临池西向，有粉墙若屏，正撷此景精华，风月为我所有矣。西湖三潭印月，如无潭则景不存，谓之点景。画龙点睛，破壁而出，其理自同。有时一景"相看好处无一言"，必藉之以题辞，辞出而景生。《红楼梦》"大观园试才题对额"一回（第十七回），描写大观园工程告竣，各处亭台楼阁要题对额，说："若大景致，若干亭榭，无字标题，任是花柳山水，也断不能生色。"由此可见题辞是起"点景"之作用。题辞必须流连光景，细心揣摩，谓之"寻景"。清人江弢叔有诗云："我要寻诗定是痴，诗来寻我却难辞；今朝又被诗寻着，满眼溪山独去时。""寻景"达到这一境界，题辞才显神来之笔。

我国古代造园，大都以建筑物为开路。私家园林，必先造花厅，然后布置树石，往往边筑边拆，边拆边改，翻工多次，而后妥帖。沈元禄记猗园谓："奠一园之体势者，莫如堂；据一园之形胜者，莫如山。"盖园以建筑为主，树石为辅，树石为建筑之联缀物也。今则不然，往往先凿池铺路，主体建筑反落其后，一园未成，辄动万金，而游人尚无栖身之处，主次倒置，遂成空园。至于绿化，有些园林、风景区、名胜古迹，砍老木，栽新树，俨若苗圃，美其名为"以园养园"，亦悖常理。

园既有"寻景"，又有"引景"。何谓"引景"，即点景引人。西湖雷峰塔圮后，南山之景全虚。景有情则显，情之源来于人。"芳草有情，斜阳无语，雁横南浦，人倚西楼。"无楼便无人，无人即无情，无情亦无景，此景关键在楼。证此可见建筑物之于园林及风景区的重要性了。

前人安排景色，皆有设想，其与具体环境不能分隔，始有独到之笔。西湖满觉陇一径通幽，数峰环抱，故配以桂丛，香溢不散，而泉流淙淙，山气霏霏，花滋而馥郁，宜其秋日赏桂，游人信步盘桓，流连忘返。闻今已开公路，宽道扬尘，此景顿败。至于小园植树，其具芬芳者，皆宜围墙。而芭蕉分翠，忌风碎叶，故栽于墙根屋角；牡丹香花，向阳斯盛，须植于主厅之南。此说明植物种植，有藏有露之别。

盆栽之妙在小中见大。"栽来小树连盆活，缩得群峰入座青"，乃见巧虑。今则越放越大，无异置大象于金丝鸟笼。盆栽三要：一本，二盆，三架，缺一不可。宜静观，须孤赏。

我国古代园林多封闭，以有限面积，造无限空间，故"空灵"二字，为造园之要谛。花木重姿态，山石贵丘壑，以少胜多，须概括、提炼。曾记一戏台联："三五步，行遍天下；六七人，雄会万师。"演剧如此，造园亦然。

白皮松独步中国园林，因其体形松秀，株干古拙，虽少年已是成人之概。杨柳亦宜装点园林，古人诗词中屡见不鲜，且有以万柳名园者。但江南园林则罕见之，因柳宜濒水，植之宜三五成行，叶重枝密，如帷如幄，少透漏之致，一般小园，不能相称。而北国园林，面积较大，高柳侵云，长条拂水，柔情万千，别饶风姿，为园林生色不少。故具体事物必具体分析，不能强求一律。有谓南方园林不植杨柳，因蒲柳早衰，为不吉之兆。果若是，则拙政园何来"柳阴路曲"一景呢？

风景区树木，皆有其地方特色。即以松而论，有天目山松、黄山松、泰山松等，因地制宜，以标识各座名山的天然秀色。如今有不少"摩登"园林家，以"洋为中用"来美化祖国河山，用心极苦。即以雪松而论，几如药中之有青霉素，可治百病，全国园林几将遍植。"白门（南京）杨柳可藏鸦"，"绿杨城郭是扬州"，今皆柳老不飞絮，户户有雪松了。泰山原以泰山松独步天下，今在岱庙中也种上雪松，古建筑居然西装革履，无以名之，名之曰"不伦不类"。

园林中亭台楼阁，山石水池，其布局亦各有地方风格，差异特甚。旧时岭南园林，每周以楼，高树深池，阴翳生凉，水殿风来，溽暑顿消，而竹影兰香，时盈客袖，此惟岭南园林得之，故能与他处园林分庭抗衡。

园林中求色，不能以实求之。北国园林，以翠松朱廊衬以蓝天白云，以有色胜。江南园林，小阁临流，粉墙低桠，得万千形象之变。白本非色，而色自生；池水无色，而色最丰。色中求色，不如无色中求色。故园林当于无景处求景，无声处求声，动中求动，不如静中求动。景中有景，园林之大镜、大池也，皆于无景中得之。小园树宜多落叶，以疏植之，取其空透；大园树宜适当补常绿，则旷处有物。此为以疏救塞，以密补旷之法。落叶树能见四季，常绿树能守岁寒，北国早寒，故多植松柏。

石无定形，山有定法。所谓法者，脉络气势之谓，与画理一也。诗有律而诗亡，词有谱而词衰，汉魏古风、北宋小令，其卓绝处不能以格律绳之者。至于学究咏诗，经生填词，了无性灵，遑论境界。造园之道，消息相通。

假山平处见高低，直中求曲折，大处着眼，小处入手。黄石山起脚易，收顶难，湖石山起脚难，收顶易。黄石山要浑厚中见空灵，湖石山要空灵中寓浑厚。简言之，黄石山失之少变化，湖石山失之太琐碎。石形、石质、石纹、石理，皆有不同，不能一律视之，中存翔证之理。叠黄石山能做到面面有情，多转折；叠湖石山能达到宛转多姿，少做作，此难能者。

叠石重拙难，树古朴之峰尤难，森严石壁更非易致。而石矶、石坡、石磴、石步，正如云林小品，其不经意处，亦即全神最贯注处，非用极大心思，反复推敲，对全景作彻底之分析解剖，然后以轻灵之笔，随意着墨，正如颊上三毛，全神飞动。不经意之处，要格外经意。明代假山，其厚重处，耐人寻味者正在此。清代同光时期假山，欲以巧取胜，反趋纤弱，实则巧夺天工之假山，未有不从重拙中来。黄石之美在于重拙，自然之理也。没其质性，必无佳构。

明代假山，其布局至简，磴道、平台、主峰、洞壑，数事而已，千变万化，其妙在于开合。何以言之？开者山必有分，以涧谷出之，上海豫园大假山佳例也。合者必主峰突兀，层次分明，而山之余脉，石之散点，皆开之法也。故旱假山之山根、散石，水假山之石矶、石濑，其用意一也。明人山水画多简洁，清人山水画多繁琐，其影响两代叠山，不无关系。

明张岱《陶庵梦忆》中评仪征汪园三峰石云："余见其弃地下一白石，高一丈、阔二丈而痴，痴妙。一黑石阔八尺、高丈五而瘦，瘦妙。"痴妙，瘦妙，张岱以"痴"字、"瘦"字品石，盖寓情在石。清龚自珍品人用"清丑"一辞，移以品石极善。广州园林新点黄腊石，甚顽。指出"顽"字，可补张岱二妙之不足。

假山有旱园水做之法，如上海嘉定秋霞圃之后部，扬州二分明月楼前部之叠石，皆此例也。园中无水，而利用假山之起伏，平地之低降，两者对比，无水而有池意，故云水做。至于水假山以旱假山法出之，旱假山以水假山法出之，则谬矣。因旱假山之脚与水假山之水口两事也。他若水假山用崖道、石矶、湾头，旱假山不能用；反之旱假山之石根，散点又与水假山者异趣。至于黄石不能以湖石法叠，湖石不能运黄石法，其理更明。总之，观天然之山水，参画理之所示，外师造化，中发心源，举一反三，无往而不胜。

园林有大园包小园，风景有大湖包小湖，西湖三潭印月为后者佳例。明人钟伯敬所撰《梅花墅记》："园于水，水之上下左右，高者为台，深者为室，虚者为亭，曲者为廊，横者为渡，竖者为石，动植者为花鸟，往来者为游人，无非园者。然则人何必各有其园也，身处园中，不知其为园。园之中，各有园，而后知其为园，此人情也。"造园之学，有通哲理，可参证。

园外之景与园内之景，对比成趣，互相呼应，相地之妙，技见于斯。钟伯敬《梅花墅记》又云："大要三吴之水，至甫里（甪直）始畅，墅外数武反不见水，水反在户以内。盖别为暗窦，引水入园，开扉坦步，过杞菊斋……登阁所见，不尽为水。然亭之所跨，廊之所往，桥之所踞，石所卧立，垂杨修竹之所冒荫，则皆水也。……从阁上缀目新眺，见廊周于水，墙周于廊，又若有阁。亭亭处墙外者，林木荇藻，竟川含绿，染人衣裙，水可承揽，然不可即至也。……又穿小酉洞，憩招爽亭，苔石啮波，曰锦淙滩。诣修廊，中隔水外者，竹树表里之，流响交光，分风争日，往往可即，而仓卒莫定处，姑以廊标之。"文中所述之园，以水为主，而用水有隐有显，有内有外，有抑扬、曲折。而使水归我所用，则以亭阁廊等左右之，其造成水旱二层之空间变化者，惟建筑能之。故"园必隔，水必曲"。今日所存水廊，盛称拙政园西部者，而此梅花墅之水犹仿佛似之。知吴中园林渊源相承，固有所自也。

童寯老人曾谓，拙政园"藓苔蔽路，而山池天然，丹青淡剥，反觉逸趣横生"。真小颓风范，丘壑独存，此言园林苍古之境，有胜藻饰。而苏州留园华瞻，如七宝楼台拆下不成片段，故稍损易见败状。近时名胜园林，不修则已，一修便过了头。苏州拙政园水池驳岸，本土石相错，如今无寸土可见，宛若满口金牙。无锡寄畅园八音涧失调，顿逊前观，可不慎乎？可不慎乎？

景之显在于"勾勒"。最近应常州之约，共商红梅阁园之布局。我认为园既名红梅阁，当以红梅出之，奈数顷之地遍植红梅，名为梅圃可矣，称园林则不当，且非朝夕所能得之者。我建议园贯以廊，廊外参差植梅，疏影横斜，人行其间，暗香随衣，不以红梅名园，而游者自得梅矣。其景物之妙，在于以廊"勾勒"，处处成图，所谓少可以胜多，小可以见大。

园林密易疏难，绮丽易雅淡难，疏而不失旷，雅淡不流寒酸。拙政园中部两者兼而得之，宜乎自明迄今，誉满江南，但今日修园林未明此理。

古人构园成必题名，皆有托意，非泛泛为之者。清初杨兆鲁营常州近园，其记云："自抱疴归来，于注经堂后买废地六七亩，经营相度，历五年于兹，近似乎园，故题曰近园。"知园名之所自，谦抑称之。忆前年于马鞍山市雨山湖公园，见一亭甚劣，尚无名。属我命之，我题为"暂亭"，意在不言中，而人自得之。其与"大观园""万柳堂"之类者，适反笔出之。

苏州园林，古典剧之舞台装饰，颇受其影响，但实物与布景不能相提并论。今则见园林建筑又仿舞台装饰者，玲珑剔透，轻巧可举，活像上海城隍庙之"巧玲珑"（纸扎物）。又如画之临摹本，搔首弄姿，无异东施效颦。

漏窗在园林中起"泄景""引景"作用，大园景可泄，小园景则宜引不宜泄。拙政园"海棠春坞"，庭院也，其漏窗能引大园之景。反之，苏州怡园不大，园门旁开两大漏窗，顿成败笔，形既不称，景终外暴，无含蓄之美矣。拙政园新建大门，庙堂气太甚，颇近祠宇，其于园林不得体者有若此。同为违反园林设计之原则，如于风景区及名胜古迹之旁，新建建筑往往喧宾夺主，其例甚多。谦虚为美德，尚望甘当配角，博得大家的好评。

"池馆已随人意改,遗篇犹逐水东流,漫盈清泪上高楼。"这是我前几年重到扬州,看到园林被破坏的情景,并怀念已故的梁思成、刘敦桢二前辈而写的几句词句,当时是有感触的。今续为说园,亦有所感而发,但心境各异。

《同济大学学报》1979年第4期

说园（三）

余既为《说园》《续说园》，然情之所钟，终难自已，晴窗展纸，再抒鄙见，芜驳之辞，存商求正，以《说园（三）》名之。

晋陶渊明（潜）《桃花源记》："中无杂树，芳草鲜美。"此亦风景区花树栽植之卓见，匠心独具。与"采菊东篱下，悠然见南山"句，同为千古绝唱。前者说明桃花宜群植远观，绿茵衬繁花，其景自出；而后者暗示"借景"。虽不言造园，而理自存。

看山如玩册页，游山如展手卷；一在景之突出，一在景之联续。所谓静动不同，情趣因异，要之必有我存在，所谓"我见青山多妩媚，料青山见我应如是"。何以得之，有赖于题咏，故画不加题则显俗，景无摩崖（或匾对）则难明，文与艺未能分割也。"云无心以出岫，鸟倦飞而知还"。景之外兼及动态声响。余小游扬州瘦西湖，舍舟登岸，止于小金山"月观"，信动观以赏月，赖静观以小休，兰香竹影,鸟语桨声,而一抹夕阳,斜照窗棂,香、影、光、声相交织,静中见动,动中寓静,极辩证之理于造园览景之中。

园林造景,有有意得之者,亦有无意得之者,尤以私家小园,地甚局促,往往于无可奈何之处,而以无可奈何之笔化险为夷,终挽全局。苏州留园之"华步小筑"一角,用砖砌地穴门洞,分隔成狭长小径,得"庭院深深深几许"之趣。

今不能证古,洋不能证中,古今中外自成体系,决不容借尸还魂,不明当时建筑之功能,与设计者之主导思想,以今人之见强与古人相合,谬矣。试观苏州网师园之东墙下,备仆从出入留此便道,如住宅之设"避弄"。与其对面之径山游廊,具极明显之对比,所谓"径莫便于捷,而又莫妙于迂"。可证。因此,评园必究园史,更须熟悉当时之生活,方言之成理。园有一定之观赏路线,正如文章之有起承转合,手卷之有引首、卷本、拖尾,有其不可颠倒之整体性。今苏州拙政园入口处为东部边门,网师园入口处为北部后门,大悖常理。记得《义山杂纂》列人间煞风景事有:"松下喝道。看花泪下。苔上铺席。花下晒裈。游春载重。石笋系马。月下把火。背山起楼。果园种菜。花架下养鸡鸭。"等等,今余为之增补一条曰:"开后门以延游客"，质诸园林管理者以为如何？至于苏州以沧浪亭、狮子林、拙政园、留园号称宋、元、明、清四大名园。留园与拙政园同建于明而同重修于清者，何分列于两代，此又令人不解者。余谓以静观为主之网师园，动观为主之拙政园，苍古之沧浪亭，华瞻之留园，合称苏州四大名园，则予游者以易领会园林特征也。

造园如缀文，千变万化，不究全文气势立意，而仅务辞汇叠砌者，能有佳构乎？文贵乎气，气有阳刚阴柔之分，行文如是，造园又何独不然。割裂分散，不成文理，藉一亭一榭以斗胜，正今日所乐道之园林小品也。盖不通乎我国文化之特征，难以言造园之气息也。

南方建筑为棚，多敞口；北方建筑为窝，多封闭。前者原出巢居，后者来自穴处。故以敞口之建筑，配茂林修竹之景。园林之始，于此萌芽。园林以空灵为主，建筑亦起同样作用，故北国园林终逊南中。盖建筑以多门窗为胜，以封闭出之，少透漏之妙。而居人之室，更须有亲切之感，"众鸟欣有托，吾亦爱吾庐"，正咏此也。

小园若斗室之悬一二名画，宜静观。大园则如美术展览会之集大成，宜动观。故前者必含蓄耐人寻味，而后者设无吸引人之重点，必平淡无奇。园之功能因时代而变，造景亦有所异，名称亦随之不同，故以小公园、大公园（公园之"公",系指私园而言)名之,解放前则可,今似多商榷,我曾建议是否皆须冠公字。今南通易狼山公园为北麓园,苏州易城东公园为东园,开封易汴京公园为汴园,似得风气之先。至于市园、郊园、平地园、山麓园,各具环境地势之特征,亦不能以等同之法设计之。

整修前人园林,每多不明立意。余谓对旧园有"复园"与"改园"二议。设若名园,必细征文献图集,使之复原,否则以己意为之,等于改园。正如装裱古画,其缺笔处,必以原画之笔法与设色续之,以成全璧。如用戈裕良之叠山法续明人之假山,与以四王之笔法接石涛之山水,顿异旧观,真愧对古人,有损文物矣。若一般园林,颓败已极,残山剩水,犹可资用,以今人之意修改,亦无不可,姑名之曰"改园"。

我国盆栽之产生,与建筑具有密切之关系,古代住宅以院落天井组合而成,周以楼廊或墙垣,空间狭小,阳光较少,故吴下人家每以寸石尺树布置小景,点缀其间,往往见天不见日,或初阳煦照,一瞬即过,要皆能适植物之性,保持一定之温度与阳光,物赖以生,景供人观,东坡诗所谓:"微雨止还作,小窗幽更妍。空庭不受日,草木自苍然。"最能得此神理。盖生活所需之必然产物,亦穷则思变,变则能通。所谓"适者生存"。今以开畅大园,置数以百计之盆栽。或置盈丈之乔木于巨盆中，此之谓大而无当。而风大日烈，蒸发过大，难保存活，亦未深究盆景之道而盲为也。

华丽之园难简，雅淡之园难深。简以救俗，深以补淡，笔简意浓，画少气壮。如晏殊诗："梨花院落溶溶月，柳絮池塘淡淡风。"艳而不俗，淡而有味，是为上品。皇家园林，过于繁缛，私家园林，往往寒俭，物质条件所限也。无过无不及，得乎其中。须割爱者能忍痛，须添补者无吝色。即下笔千钧反复推敲，闺秀之画能脱脂粉气，释道之画能脱蔬笋气，少见者。刚以柔出，柔以刚现。扮书生而无穷酸相，演将帅而具台阁气，皆难能也。造园之理，与一切艺术，无不息息相通。故余曾谓明代之园林，与当时之文学、艺术、戏曲，同一思想感情，而以不同形式出现之。

能品园，方能造园，眼高手随之而高，未有不辨乎味能著食谱者。故造园一端，主其事者，学养之功，必超乎实际工作者。计成云："三分匠、七分主人"。言主其事者之重要，非污蔑工人之谓。今以此而批判计氏，实尚未读通计氏《园冶》也。讨论学术，扣以政治帽子，此风当不致再长矣。

假假真真，真真假假。《红楼梦》大观园假中有真，真中有假，是虚构，亦有作者曾见之实物，又参有作者之虚构。其所以迷惑读者正在此。故假山如真方妙，真山似假便奇；真人如造像，造像似真人，其捉弄人者又在此。造园之道，要在能"悟"，有终身事其业，而不解斯理者正多，甚矣！造园之难哉。园中立峰，亦存假中寓真之理，在品题欣赏上以感情悟物，且进而达人格化。

文学艺术作品言意境，造园亦言意境。王国维《人间词话》所谓境界也。对象不同，表达之方法亦异，故诗有诗境，词有词境，曲有曲境。"曲径通幽处，禅房花木深。"诗境也。"梦后楼台高锁，酒醒帘幕低垂。"词境也。"枯藤老树昏鸦，小桥流水人家。"曲境也。意境因情景不同而异，其与园林所现意境亦然。园林之诗情画意即诗与画之境界在实际景物中出现之，统名之曰意境。"景露则境界小，景隐则境界大。""引水须随势，栽松不趋行。""亭台到处皆临水，屋宇虽多不碍山。""几个楼台游不尽，一条流水乱相缠。"此虽古人咏景说画之辞，造园之法适同，能为此，则意境自出。

园林叠山理水，不能分割言之，亦不可以定式论之，山与水相辅相成，变化万方。山无泉而若有，水无石而意存，自然高下，山水仿佛其中。昔苏州铁瓶巷顾宅艮庵前一区，得此消息。江南园林叠山，每以粉墙衬托，益觉山石紧凑峥嵘，此粉墙画本也。若墙不存，则如一丘乱石，故今日以大园叠山，未见佳构者正在此。画中之笔墨，即造园之水石，有骨有肉，方称上品。石涛（道济）画之所以冠世，在于有骨有肉，笔墨俱备。板桥（郑燮）学石涛，有骨而无肉，重笔而少墨。盖板桥以书家作画，正如工程家构园，终少韵昧。

建筑物在风景区或园林之布置，皆因地制宜，但主体建筑始终维持其南北东西平直方向。斯理甚简，而学者未明者正多。镇江金山、焦山、北固山三处之寺，布局各殊，风格终异。金山以寺包山，立体交通。焦山以山包寺，院落区分。北固山以寺镇山，雄踞其巅。故同临长江，取景亦各览其胜。金山宜远眺，焦山在平览，而北固山在俯瞰。皆能对观上着眼，于建筑物布置上用力，各臻其美，学见乎斯。

山不在高，贵有层次。水不在深，妙于曲折。峰岭之胜，在于深秀。江南常熟虞山，无锡惠山，苏州上方山，镇江南郊诸山，皆多此特征。泰山之能为五岳之首者，就山水言之，以其有山有水。黄山非不美，终鲜巨瀑，设无烟云之出没，此山亦未能有今日之盛名。

风景区之路，宜曲不宜直，小径多于主道，则景幽而客散，使有景可寻、可游。有泉可听，有石可留，吟想其间，所谓"入山惟恐不深，入林惟恐不密"。山须登，可小立顾盼，故古时皆用磴道，亦符人类两足直立之本意，今易以斜坡，行路自危，与登之理相背。更以筑公路之法而修游山道，致使丘壑破坏，漫山扬尘，而游者集于道与飚轮争途，拥挤可知，难言山屐之雅兴。西湖烟霞洞本由小径登山，今汽车达巅，其情无异平地之灵隐飞来峰前，真是"豁然开朗"，拍手叫好，从何处话烟霞矣。闻西湖诸山拟一日之汽车游程可毕，如是，西湖将越来越小。此与风景区延长游览线之主旨相背，似欠明智。游览与赶程，含义不同，游览宜缓，赶程宜速，今则适正倒置。孤立之山筑登山盘旋道，难见佳境，极易似毒蛇之绕颈，将整个之山数段分割，无耸翠之姿，峻高之态。证以西湖玉皇山与福州鼓山二道，可见轩轾。后者因山势重叠，故能掩拙。名山筑路，千万慎重，如经破坏，景物一去不复返矣。千古功罪，待人评定。至于入山旧道，切宜保存，缓步登临，自有游客。泉者，山眼也。今若干著名风景地，泉眼已破，终难再活。趵突无声，九溪渐涸，此事非可等闲视之。开山断脉，打井汲泉，工程建设未与风景规划相配合，元气大伤，徒唤奈何。楼者，透也。园林造楼必空透。"画栋朝飞南浦云，珠帘暮卷西山雨。"境界可见。松者，鬆也。枝不能多，叶不能密，才见姿态。而刚柔互用，方见效果，杨柳必存老干，竹林必露嫩梢，皆反笔出之。今西湖白堤之柳，尽易新苗，老柄无一存者，顿失前观。"全部肃清，彻底换班"，岂可用于治园耶？

风景区多茶室，必多厕所，后者实难处理，宜隐蔽之。今厕所皆饰以漏窗，宛若"园林小品"。余曾戏为打油诗："我为漏窗频叫屈，而今花样上茅房"（我一九五三年刊《漏窗》一书，其罪在我）之句。漏景功能泄景，厕所有何景可泄？曾见某处新建厕所，漏窗盈壁，其左刻石为"香泉"，其右刻石为"龙飞凤舞"，见者失笑。鄙意游览大风景区宜设茶室，以解游人之渴。至于范围小之游览区，若西湖西泠印社、苏州网师园，似可不必设置茶室，占用楼堂空间。而大型园林茶室，有如宾馆餐厅，亦未见有佳构者，主次未分，本末倒置。如今风景区以园林倾向商店化，似乎游人游览就是采购物品。宜乎古刹成庙会，名园皆市肆，则"东篱为市井，有辱黄花矣"。园林局将成为商业局，此名之曰："不务正业"。

浙中叠山重技而少艺，以洞见长，山类皆孤立，其佳者有杭州元宝街胡宅，学官巷吴宅，孤山文澜阁等处，皆尚能以水佐之。降及晚近，以平地叠山，中置一洞，上覆一平台，极简陋。此浙之东阳匠师所为。彼等非专攻叠山，原为水作之工，杭人称为阴沟匠者，鱼目混珠，以诈不识者。后因"洞多不吉"，遂易为小山花台。此入民国后之状也。从前叠山，有苏帮、宁（南京）帮、扬帮、金华帮、上海帮（后出，为宁苏之混合体）。而南宋以后著名叠山师，则来自吴兴、苏州。吴兴称山匠，苏州称花园子。浙中又称假山师或叠山师，扬州称石匠，上海（旧松江府）称山师，名称不一。云间（松江）名手张涟、张然父子，人称张石匠，名动公卿间，张涟父子流寓京师，其后人承其业，即山子张也。要之，太湖流域所叠山，自成体系，而宁扬又自一格，所谓苏北系统，其与浙东匠师皆各立门户，但总有高下之分。其下者就石论石，心存叠字，遑论相石选石，更不谈石之纹理，专攻"五日一洞，十日一山"，摹拟真状，以大缩小，实假戏真做，有类儿戏矣。故云叠山者，艺术也。

鉴定假山，何者为原构，何者为重修，应注意留心山之脚、洞之底，因低处不易毁坏，如一经重叠，新旧判然。再细审灰缝，详审石理，必渐能分晓，盖石缝有新旧，胶合品成分亦各异，石之包浆，斧凿痕迹，在在可佐证也。苏州留园，清嘉庆间刘氏重补者，以湖石接黄石，更判然明矣。而旧假山类多山石紧凑相挤，重在垫塞，功在平衡，一经拆动，涣然难收陈局。佳作必拼合自然，曲具画理，缩地有法，观其局部，复察全局，反复推敲，结论遂出。

近人但言上海豫园之盛，却未言明代潘氏宅之情况，宅与园仅隔一巷耳。潘宅在今园东安仁街梧桐路一带，旧时称安仁里。据叶梦珠《阅世编》所记："建第规模甲于海上，面照雕墙，宏开俊宇，重轩复道，几于朱邸，后楼悉以楠木为之，楼上皆施砖砌，登楼与平地无异。涂金染丹垩，雕刻极工之巧。"以此建筑结构，证豫园当日之规模，甚相称也。惜今已荡然无存。

清初画家恽寿平（南田）《瓯香馆集》卷十二："壬戌八月，客吴门拙政园，秋雨长林，致有爽气，独坐南轩，望隔岸横冈，叠石峻嶒，下临清池，涧路盘纡，上多高槐、柽、柳、桧、柏，虬枝挺然，迥出林表，绕堤皆芙蓉，红翠相间，俯视澄明，游鳞可取，使人悠然有濠濮闲趣。自南轩过艳雪亭，渡红桥而北，傍横冈循间道，山麓尽处，有堤通小阜，林木翳如，池上为湛华楼，与隔水回廊相望，此一园最胜地也。"南轩为倚玉轩，艳雪亭似为荷风四面亭，红桥即曲桥。湛华楼以地位观之，即见山楼所在，隔水回廊，与柳阴路曲一带，出入亦不大。以画人之笔，记名园之景，修复者能悟此境界，固属高手。但"此歌能有几人知"，徒唤奈何！保园不易，修园更难。不修则已，一修惊人。余再重申研究园史之重要，以为此篇殿焉。曩岁叶恭绰先生赠余一联："洛阳名园（记），扬州画舫（录）；武林遗事，日下旧闻（考）。"以四部园林古迹之书目相勉，则余今日之所作，又岂徒然哉！

         1980年5月完稿于镇江宾舍

说园（四）

一年漫游，触景殊多，情随事迁，遂有所感，试以管见论之，见仁见智，各取所需。书生谈兵，容无补于事实，存商而已。因续前三篇，故以《说园》（四）名之。

造园之学，主其事者须自出己见，以坚定之立意，出宛转之构思。成者誉之，败者贬之。无我之园，即无生命之园。

水为陆之眼，陆多之地要保水；水多之区要疏水。因水成景，复利用水以改善环境与气候。江村湖泽，荷塘菱沼，蟹簖渔庄，水上产物不减良田，既增收入，又可点景。王渔洋诗云："江干都是钓人居，柳陌菱塘一带疏；好是日斜风定后，半江红树卖鲈鱼。"神韵天然，最自依人。

旧时城墙，垂杨夹道，杜若连汀，雉堞参差，隐约在望，建筑之美与天然之美交响成曲。王士禛诗又云："绿杨城郭是扬州"，今已拆，此景不可再得矣。故城市特征，首在山川地貌，而花木特色，实占一地风光，成都之为蓉城，福州之为榕城，皆予游者以深刻之印象。

恽寿平论画："青绿重色，为浓厚易，为浅淡难，为浅淡易，而愈见浓厚为尤难"，造园之道正亦如斯，所谓实处求虚，虚中得实，淡而不薄，厚而不滞，存天趣也。今经营风景区园事者，破坏真山，乱堆假山，堵却清流，另置喷泉，抛却天然而善作伪。大好泉石，随意改观。如无喷泉，未是名园者。明末钱澄之记黄檗山居（在桐城之龙眠山），论及"吴中人好堆假山以相夸诩，而笑吾乡园亭之陋。予应之曰：吾乡有真山水，何以假为，惟任真，故失诸陋。洵不若吴人之工于作伪耳"。又论此园："彼此位置，各不相师，而各臻其妙，则有真山水为之质耳。"此论妙在拈出一个"质"字。

山林之美，贵于自然，自然者存真而已。建筑物起"点景"作用，其与园林似有所别，所谓锦上添花，花终不能压锦也。宾馆之作，在于栖息小休，宜着眼于周围有幽静之境，能信步盘桓，游目骋怀，故室内外空间并互相呼应，以资流通，晨餐朝晖，夕枕落霞，坐卧其间，小中可以见大。反之高楼镇山，汽车环居，喇叭彻耳，好鸟惊飞。俯视下界，豆人寸屋，大中见小，渺不足观，以城市之建筑夺山林之野趣，徒令景色受损，游者扫兴而已。丘壑平如砥，高楼塞天地，此几成为目前旅游风景区所习见者，闻更有欲消灭山间民居之举，诚不知民居为风景区之组成部分，点缀其间，楚楚可人，古代山水画中每多见之。余客瑞士，日内瓦山间民居，窗明几净，予游客以难忘之情。我认为风景区之建筑，宜隐不宜显，宜散不宜聚，宜低不宜高，宜麓（山麓）不宜顶（山顶），须变化多，朴素中有情趣，要随宜安排，巧于因借，存民居之风格，则小院曲户，粉墙花影，自多情趣。游者生活其间，可以独处，可以留客，"城市山林"，两得其宜。明末张岱在《陶庵梦忆》中记范长白园（即苏州天平山之高义园）云："园外有长堤，桃柳曲桥，蟠屈湖西，桥尽抵园，园门故作低小，近门则长廊复壁，直达山麓，其缯楼幔阁，秘室曲房，故匿之，不使人见也。"又毛大可《彤史拾遗记》记崇祯所宠之贵妃，扬州人，"尝厌宫闱过高迥，崇杠大臝，所居不适意，乃就廊房为低槛曲檐，蔽以敞楠，杂采扬州诸什器，床罩供设其中。"以证余创山居宾舍之议不谬。

园林与建筑之空间，隔则深，畅则浅，斯理甚明，故假山、廊、桥、花墙、屏、幕、槅扇、书架、博古架等，皆起隔之作用。旧时卧室用帐，碧纱橱，亦起同样效果。日本居住之室小，席地而卧，以纸槅小屏分之，皆属此理。今西湖宾馆、餐厅，往往高大如宫殿，近建孤山楼外楼，体量且超颐和园之排云殿，不如易名太和楼则更名副其实矣。太和殿尚有屏隔之，有柱分之，而今日之大餐厅几等体育馆。风景区因往往建造一大宴会厅，开石劈山，有如兴建营房，真劳民伤财，遑论风景之存不存矣。旧时园林，有东西花厅之设，未闻有大花厅之举。大宾馆，大餐厅，大壁画，大盆景，大花瓶，大……以大为尚，真是如是如是，善哉善哉！

不到苏州，一年有奇，名园胜迹，时萦梦寐。近得友人王西野先生来信，谓"虎丘东麓就东山庙遗址，正在营建'盆景园'，规模之大，无与伦比。按东山庙为王珣祠堂，亦称短簿祠，因珣身材短小，曾为主簿，后人戏称'短簿'。清汪琬诗：'家临绿水长洲苑，人在青山短簿祠。'陈鹏年诗：'春风再扫生公石，落照仍衔短簿祠，怀古情深，写景入画，传诵于世，今堆叠黄石大假山一座，天然景色，破坏无余。盖虎丘一小阜耳，能与天下名山争胜，以其寺里藏山，小中见大，剑池石壁，浅中见深，历代名流题咏殆遍，为之增色。今在真山面前堆假山，小题大做，弄巧成拙，足下见之，亦当扼腕太息，徒呼负工也"。此说与鄙见合，恐主其事者，不征文献，不谙古迹名胜之史实，并有一"大"字在脑中作怪也。

风景区之经营，不仅安排景色宜人，而气候亦须宜人。今则往往重景观，而忽视局部小气候之保持，景成而气候变矣；七月间到西湖，园林局邀游金沙港，初夏傍晚，余热未消，信步入林，溽暑全无，水佩风来，几入仙境，而流水淙淙，绿竹猗猗，隔湖南山如黛，烟波出没，浅淡如水墨轻描，正有"独笑薰风更多事，强教西子舞霓裳"之概。我本湖上人家，却从未享此清福，若能保持此与外界气候不同之清凉世界，即该景区规划设计之立意所在。一旦破坏，虽五步一楼，十步一阁，亦属虚设，盖悖造园之理也。金沙港应属水泽园，故建筑、桥梁等均宜贴水、依水、映带左右，而茂林修竹，清风自引，气候凉爽，绿云摇曳，荷香轻溢，野趣横生。"茅黄亭子小楼台，料理溪山煞费才。"能配以凉馆竹阁，益显西子淡妆之美，保此湖上消夏一地，他日待我杖履其境，从容可作小休。

吴江同里镇，江南水乡之著者，镇环四流，户户相望，家家隔河，因水成街，因水成市，因水成园。任氏退思园于江南园林中独辟蹊径，具贴水园之特例。山、亭、馆、廊、轩、榭等皆紧贴水面，园如出水上。其与苏州网师园诸景依水而筑者，予人以不同景观。前者贴水，后者依水。所谓依水者，因假山与建筑物等皆环水而筑，惟与水之关系尚有高下远近之别，遂成贴水园与依水园两种格局。皆以因水制宜，其巧妙构思则又有所别，设计运思，于此可得消息。余谓大园宜依水，小园重贴水，而最关键者则在水位之高低。我国园林用水，以静止为主，清许周生筑园杭州，名"鉴止水斋"，命意在此，原出我国哲学思想，体现静以悟动之辩证观点。

水曲因岸，水隔因堤，移花得蝶，买石绕云，因势利导，自成佳趣。山容水色，善在经营。中、小城市有山水能凭藉者，能做到有山皆是园，无水不成景，城因景异，方是妙构。

济南珍珠泉，天下名泉也。水清浮珠，澄澈晶莹。余曾于朝曦中饮露观泉，爽气沁人，境界明静。奈何重临其地，已异前观，黄石大山，狰狞骇人，高楼环压，其势逼人，杜甫咏《望岳》"会当凌绝顶，一览众山小"之句，不意于此得之。山小楼大，山低楼高，溪小桥大，溪浅桥高。汽车行于山侧，飞轮扬尘，如此大观，真可说是不古不今，不中不西，不伦不类。造园之道，可不慎乎？

反之，潍坊十笏园，园甚小，故以十笏名之（笏为上朝时所持手板），清水一池，山廊围之，轩榭浮波，极轻灵有致。触景成咏："老去江湖兴未阑，园林佳处说般般；亭台虽小情无限，别有缠绵水石间。"北国小园，能饶水石之胜者，以此为最。

泰山有十八盘，盘盘有景，景随人移，气象万千，至南天门，群山俯于脚下，齐鲁青青，千里未了，壮观也。

自古帝王，登山封禅翠辇临幸，高山仰止。如易缆车，匆匆而来，匆匆而去，景游与货运无异。而破坏山景，固不待言，实不解登十八盘参玉皇顶而小天下宏旨。余尝谓旅与游之关系。旅须速，游宜缓，相背行事，有负名山。缆车非不可用，宜于旅，不宜于游也。

名山之麓，不可以环楼、建厂，盖断山之余脉矣。此种恶例，在在可见。新游南京燕子矶、栖霞寺，人不到景点，不知前有景区，序幕之曲，遂成绝响，主角独唱，鸦噪聒耳。所览之景，未允环顾，燕子矶仅临水一面尚可观外，余则黑云滚滚，势袭长江，坐石矶戏为打油诗："燕子燕子，何不高飞，久栖于斯，坐以待毙。"旧时胜地，不可不来，亦不可再来。山麓既不允建高楼、工厂，而低平建筑却不能缺少，点缀其间，景深自幽，层次增多，亦远山无脚之处理手法。

近年风景名胜之区，与工业矿藏矛盾日益尖锐。取蛋杀鸡之事，屡见不鲜，如南京正在开幕府山矿石，取栖霞山银矿。以有烟工厂而破坏无烟工厂，以取之可尽之资源，而竭取之不尽之资源，最后两败俱伤，同归于尽。应从长远观点来看，权衡轻重，深望主其事者却莫等闲视之。古迹之处应以古为主，不协调之建筑万不能移入。杭州北高峰，南京鼓楼之电视塔，真是触目惊心。在此等问题上，应明确风景区应以风景为主。名胜古迹，应以名胜古迹为主，其他一切不能强加其上。否则，大好河山，祖国文化，将损毁殆尽矣。

唐代白居易守杭州，浚西湖筑白沙堤，未闻其围垦造田。宋代苏轼因之，清代阮元继武前贤，千百年来，人颂其德，建苏白二公祠于孤山之阳。郁达夫有"堤柳而今尚姓苏"之句美之。城市兴衰，善择其要而谋之，西湖为杭州之命脉，西湖失即杭州衰。今日定杭州为旅游风景城市，即基于此。至于城市面貌亦不能孤立处理，务使山水生妍，相映增生。沿钱塘江诸山，应以修整，襟江带湖，实为杭州最胜处。古迹之区，树木栽植，亦必心存"古"字，南京清凉山，门额颜曰"六朝遗迹"，入其内雪松夹道，岂六朝时即植此树耶？古迹新妆，洋为中用，解我朵颐。古迹之修复，非仅建筑一端而已，其环境气氛，陈设之得体，在在有史可据。否则何言古迹，言名胜足矣。"无情最是台城柳，依旧烟笼十里堤。"此意谁知。近人常以个人之爱喜，强加于古人之上。蒲松龄故居，藻饰有如地主庄园，此老如在，将不认其书生陋室。今已逐渐改观，初复原状，诚佳事也。

园林不在乎饰新，而在于保养；树木不在于添种，而在于修整。山必古，水必疏，草木华滋，好鸟时鸣，四时之景，无不可爱。园林设市肆，非其所宜，主次务必分明。园林建筑必功能与形式相结合，古时造园，一亭一榭，几曲回廊，皆据实际需要出发，不多筑，不虚构，如作诗行文，无废词赘句。学问之道，息息相通。今之园思考欠周，亦如文之推敲不够。园所以兴游，文所以达意。故余谓绝句难吟，小园难筑，其理一也。

王时敏《乐郊园分业记》："……适云间张南垣至，其巧艺直夺天工，怂恿为山甚力，……因而穿池种树，标峰置岭，庚申（清康熙十九年，即一六八〇年）经始，中间改作者再四，凡数年而成，磴道盘纡，广池潋滟，周遮竹树蓊郁，浑若天成，而凉台邃阁，位置随宜，卉木轩窗，参错掩映，颇极林壑台榭之美。"以张南垣（涟）之高技，其营园改作者再四，益证造园施工之重要，间亦必需要之翻工修改。必须留有余地。凡观名园，先论神气，再辨时代，此与鉴定古物，其法一也。然园林未有不经修者，故先观全局，次审局部，不论神气，单求枝节，谓之舍本求末，难得定论。

巨山大川，古迹名园，首在神气。五岳之所以为天下名山，亦在于"神气"之旺，今规划风景，不解"神气"，必至庸俗低级，有污山灵。尝见江浙诸洞，每以自然抽象之山石，改成恶俗之形象，故余屡申"还我自然"。此仅一端，人或尚能解之者，他若大起华厦，畅开公路，空悬索道，高树电塔，凡兹种种，山水神气之劲敌也，务必审慎，偶一不当，千古之罪人矣。

园林因地方不同，气候不同，而特征亦不同。园林有其个性，更有其地方性，故产生园林风格，也因之而异，即使同一地区，亦有市园、郊园、平地园、山麓园等之别。园与园之间亦不能强求一致，而各地文化艺术、风土人情、树木品异、山水特征等等，皆能使园变化万千，如何运用，各臻其妙者，在于设计者之运思。故言造园之学，其识不可不广，其思不可不深。

恽寿平论画又云："潇洒风流谓之韵，尽变奇穷谓之趣。"不独画然，造园置景，亦可互参。今之造园，点景贪多，便少韵致。布局贪大，便少佳趣。韵乃自书卷中得来，趣必从个性中表现。一年游踪所及，评量得失，如此而已。

       1981年10月10日写成于同济大学建筑系

说园（五）

《说园》首篇余既阐造园动观静观之说，意有未尽，续畅论之。动、静二字，本相对而言，有动必有静，有静必有动，然而在园林景观中，静寓动中，动由静出，其变化之多，造景之妙，层出不穷，所谓通其变，遂成天地之文。若静坐亭中，行云流水，鸟飞花落，皆动也。舟游人行，而山石树木，则又静止者。止水静，游鱼动，静动交织，自成佳趣。故以静观动，以动观静则景出。"万物静观皆自得；四时佳景与人同。"事物之变概乎其中。若园林无水，无云，无影，无声，无朝晖，无夕阳，则无以言天趣，虚者实所倚也。

静之物，动亦存焉。坐对石峰，透漏俱备，而皴法之明快，线条之飞俊，虽静犹动。水面似静，涟漪自动。画面似静，动态自现。静之物若无生意，即无动态。故动观静观，实造园产生效果之最关键处，明乎此则景观之理初解矣。

质感存真，色感呈伪，园林得真趣，质感居首，建筑之佳者，亦同斯理。真则存神，假则失之，园林失真，有如布景，书画失真，则同印刷。故画栋雕梁，徒炫眼目，竹篱茅舍，引人遐思。《红楼梦》"大观园试才题对额"一回，曹雪芹借宝玉之口，评稻香村之作伪云："此处置一田庄，分明是人力造作而成，远无邻村，近不负郭，背山无脉，临水无源，高无隐寺之塔，下无通市之桥，峭然孤出，似非大观，那及先处（指潇湘馆）有自然之理，得自然之趣呢？虽种竹引泉，亦不伤穿凿。古人云：'天然图画'四字，正恐非其地而强为其地，非其山而强为其山，即百般精巧，终非相宜。"所谓"人力造作"，所谓"穿凿"者，伪也。所谓"有自然之理，得自然之趣"者，真也。借小说以说园，可抵一篇造园论也。

郭熙谓："水以石为面"，"水得山而媚"，自来模水范山，未有孤立言之者。其得山水之理，会心乎此，则左右逢源，要之此二语，表面观之似水石相对，实则水必赖石以变，无石则水无形，无态，故浅水露矶，深水列岛。广东肇庆七星岩，岩奇而水美，矶濑隐现波面，而水洞幽深，水湾曲折，水之变化无穷，若无水，则岩不显，岸无形，故两者决不能分割而论，分则悖自然之理，亦失真矣。

一园之特征，山水相依，凿池引水，尤为重要。苏南之园，其池多曲，其境柔和。宁绍之园，其池多方，其景平直，故水本无形。因岸成之，平直也好，曲折也好，水口堤岸皆构成水面形态之重要手法。至于水柔水刚，水止水流，亦皆受堤岸以左右之。石清得阴柔之妙，石顽得阳刚之健。浑朴之石，其状在拙；奇突之峰，其态在变，而丑石在诸品中尤为难得，以其更富有个性，丑中寓美也。石固有刚柔美丑之别，而水亦有奔放宛转之致，是皆因石而起变。

荒园非不可游，残篇非不可看，要知佳者虽零锦碎玉亦是珍品，犹能予人留恋，存其真耳。龚自珍诗云："未济终焉心飘渺，万事都从缺陷好；吟到夕阳山外山，世间难免余情绕。"造园亦必通此消息。

"春见山容，夏见山气，秋见山情，冬见山骨。""夜山低，晴山近，晓山高。"前人之论，实寓情观景，以见四时之变，造景自难，观景不易，"泪眼问花花不语"，痴也。"解释春风无限恨"，怨也。故游必有情，然后有兴，钟情山水，知己泉石，其审美与感受之深浅，实与文化修养有关。故我重申不能品园，不能游园；不能游园，不能造园。

造园综合性科学也，且包含哲理，观万变于其中。浅言之以无形之诗情画意，构有形之水石亭台。晦明风雨，又皆能促使其景物变化无穷，而南北地理之殊，风土人情之异，更加因素增多。且人游其间，功能各取所需，绝不能以幻想代替真实，故造园脱离功能，固无佳构，研究古园而不明当时社会及生活，妄加分析，正如汉儒释经，转多穿凿，因此古今之园，必不能陈陈相因，而丰富之生活，渊博之知识，要皆有助于斯。

一景之美，画家可以不同笔法表现之，文学家可以各种不同角度描写之。演员运腔，各抒其妙，哪宗哪派，自存面貌。故同一园林，可以不同手法设计之。皆由观察之深，提炼之精，特征方出。余初不解宋人大青绿山水，以朱砂作底色赤，上敷青绿，迨游中原嵩山，时值盛夏，土色皆红，所被草木尽深绿色，而楼阁参差，金碧辉映，正大小李将军之山水也。其色调皆重厚，色度亦相当，绚烂夺目，中原山川之神乃出。而江南淡青绿山水，每以赭石及草青打底，轻抹石青石绿，建筑勾勒间架，衬以淡赭，清新悦目，正江南园林之粉本。故立意在先，协调从之，自来艺术手法一也。

余尝谓苏州建筑及园林，风格在于柔和，吴语所谓"糯"，扬州建筑与园林，风格则多雅健，如宋代姜夔词，以"健笔写柔情"，皆欲现怡人之园景，风格各异，存真则一。风格定始能言局部单体，宜亭斯亭，宜榭斯榭。山叠何派，水引何式，必须成竹在胸也，才能因地制宜，借景有方，亦必循风格之特征，巧妙运用之。选石、择花、动静观赏，均有所据，故造园必以极镇静而从容之笔，信手拈来，自多佳构。所谓以气胜之，必总体完整矣。

余闽游观山，秃峰少木，石形外露，古根盘曲，而山势山貌毕露，分明能辨何家山水，何派皴法，能于实物中悟画法，可以画法来证实物，而闽溪水险，矶濑激湍，凡此琐琐，皆叠山极好之祖本。它如皖南徽州、浙东方岩之石壁，画家皴法，方圆无能。此种山水皆以皴法之不同，予人以动静感觉之有别，古人爱石、面壁，皆参悟哲理其中。

填词有"过片（变）"（亦名"换头"），即上半阕与下半阕之间，词与意必须若接若离，其难在此。造园亦必注意"过片"，运用自如，虽千顷之园，亦气势完整，韵味隽永。曲水轻流，峰峦重叠，楼阁掩映，木仰花承，皆非孤立。其间高低起伏，阊畅逶迤，在在有"过片"之笔，此过渡之笔在乎各种手法之适当运用。即如楼阁以廊为过渡，溪流以桥为过渡，色泽由绚烂而归平淡，无中间之色不见调和，画中所用补笔接气，皆为过渡之法，无过渡，则气不贯，园不空灵。虚实之道，在乎过渡得法，如是则景不尽而韵无穷，实处求虚，正曲求余音，琴听尾声，要于能察及次要，而又重于主要，配角有时能超于主角之上者。"江流天地外，山色有无中"，贵在无胜于有也。

城市必须造园，此有关人民生活，欲臻其美，妙在"借""隔"，城市非不可以借景，若北京三海，借景故宫，嵯峨城阙，杰阁崇殿，与李格非《洛阳名园记》所述："以北望则隋唐宫阙楼殿，千门万户，岧峣璀璨，延亘十余里，凡左太冲十余年极力而赋者，可瞥目而居也。"但未闻有烟囱近园，厂房为背景者，有之，惟今日之苏州拙政园、耦园，已成此怪状，为之一叹。至若能招城外山色，远寺浮屠，亦多佳例。此一端在"借"。而另一端在"隔"，市园必隔，俗者屏之。合分本相对而言，亦相辅而成，不隔其俗，难引其雅，不掩其丑，何逞其美。造景中往往有能观一面者，有能观两面者，在乎选择得宜。上海豫园萃秀堂，乃尽端建筑，厅后为市街，然面临大假山，深隐北麓，人留其间，不知身处市嚣中，仅一墙之隔，判若仙凡，隔之妙可见。曩岁余为美国建中国庭园纽约"明轩"，于二层内部构园，休言"借景"，必重门高垣，以隔造景，效果始出。而园之有前奏，得能渐入佳境，万不可率尔从事，前述过渡之法，于此须充分利用。江南市园，无不皆存前奏。今则往往开门见山，惟恐人不知其为园林。苏州怡园新建大门，即犯此病。沧浪亭虽属半封闭之园，而园中景色，隔水可呼，缓步入园，前奏有序，信是成功。

旧园修复，首究园史，详勘现状，情况彻底清楚，对山石建筑等作出年代鉴定，特征所在，然后考虑修缮方案。正如裱古画接笔反复揣摩，其难有大于创作，必再三推敲，审慎下笔。其施工程序，当以建筑居首，木作领先，水作为辅，大木完工，方可整池、修山、立峰，而补树栽花，有时须穿插行之，最后铺路修墙。油漆悬额，一园乃成，惟待家具之布置矣。

造园可以遵古为法，亦可以以洋为师，两者皆不排斥。古今结合，古为今用，亦势所必然，若境界不究，风格未求，妄加抄袭拼凑，则非所取。故古今中外，造园之史，构园之术，来龙去脉，以及所形成之美学思想，历史文化条件，在在须进行探讨，然后文有据，典有征，古今中外运我笔底，则为尚矣。古人云："临画不如看画，遇古人真本，向上研求，视其定意若何，偏正若何，安放若何，用笔若何，积墨若何，必于我有出一头地处，久之自然吻合矣。"用功之法，足可参考。日本明治维新之前学习中土，明治维新后效法欧洲，近又模仿美国，其建筑与园林，总表现大和民族之风格，所谓有"日本味"。此种现状，值得注意。至此历史之研究自然居首重地位，试观其图书馆所收之中文书籍，令人瞠目，即以《园冶》而论，我国亦转录自东土。继以欧美资料亦汗牛充栋，而前辈学者，如伊东忠泰、常盘大定、关野贞等诸先生，长期调查中国建筑，所为著作至今犹存极高之学术地位，真表现其艰苦结实之治学态度与方法。以抵于成，在得力于收集之大量直接与间接资料，由博反约。他山之石，可以攻玉，造园重"借景"，造园与为学又何独不然。

园林言虚实，为学亦若是，余写《说园》连续五章，虽洋洋万言，至此江郎才尽矣。半生湖海，踏遍名园，成此空论，亦自实中得之。敢贡己见，有求教于今之专家。老去情怀，容续有所得，当秉烛赓之。

1982年1月20日于同济大学建筑系

说竹

苏东坡有一首咏竹诗写的是"宁可食无肉,不可居无竹,无肉令人瘦,无竹令人俗"。这位老先生原是一位食肉的,如今西湖上酒菜馆中以"东坡肉"与"宋嫂鱼"(醋鱼)齐名的,但是在肉与竹两者处理上有矛盾时,东坡先生宁可食无肉了,那几竿清逸的修竹,在他的居处却不可缺少的呢。东坡先生之所以成为东坡先生,他不肯轻易抛去雅趣。

最近日本征求一个住宅竞赛的方案,提出要能见到四季皆有的突出的景观,不少师生问"盲"于我。在一些人的心目中院子中有四季名花,不是很容易解决吗?我说这似乎太容易与简单,园林贵深,立意在曲,要给欣赏者能耐想、耐看。因此说到了竹,人们以为竹是无花的常绿植物,哪有四季可言,但是这是直觉,没有经过思想,也没有细致观察与欣赏,更谈不到竹与环境及四时光影变化等等,似太简单化了。日本人与我国古代人最爱竹,入宅、入园、入画、入文、入诗，真可说是雅极了。春天雨后新笋，新篁得意，"新笋已成堂下竹，落花都上燕巢泥"。是何等的光荣呢？如果在竹边加上几块石笋作为象征性的笋，一真一假，更是引人遐思了。夏日翠竹成林，略点湖石万竿烟雨，宛如米家山水小品。秋来清风满院，摇翠鸣玉，其下衬以黄石一二，益显苍老，而色彩对比尤觉清新。及冬雪压柔枝，落地有声，我们如果用白色的宣石安排其下，则更多荒寒之意。我们知道庭园中栽竹，总不离粉墙，粉墙竹影，无异画本。随着四季日照投影不同，而画本日日在变，万物静观，自得其中。至于竹本身的荣枯，亦非四季雷同也。谁说竹是简单的植物呢？而画家之笔，诗人之句，真是道出竹的品格与无处不宜人的风姿了。

友人李正工程师，他在无锡惠山下设计了一个杜鹃园，博得了中外好评，我题了"醉红坡"三字以宠之。可惜杜鹃花时似乎太短暂了一点，我觉美中不足。我早说过"园以景胜，景因园异"，我建议不妨再搞一个别具一格的竹影园，遍青山无处无"此君"（竹又名此君），楼、廊、亭、阁、匾对以至用具皆以竹出之，惠山竹炉煮泉，韵事流传，引为佳话，亦可赓续，予旅游者平添清趣。想来还有几分构思吧！我希望能早日实现，拭目以待也。

说兰

小斋内夏兰开了,竹帘上映上了几叶兰影,恬静得使人可以入定,静中有动,偶尔忆起吕贞白先生题我画兰的两句诗:"倘有幽香能入梦,人间春梦已迷离。"他见兰而赋悼,如今我正与他当年相仿佛,更觉得这诗太凄婉太感人了。兰香是世上最高雅的香,隐而不显,往往于无意中闻到,而从香中引出你绵邈的遐思,其神秘处就在这里。因此在花中我最喜欣赏它,那坚韧碧绿的修长叶子,洁白如玉的花朵,迎风婀娜的舞姿,淡逸中没有一点纤尘,品自高也,它不与寻常花朵那样,养花一年,看花十日,保养得好,一次花可开半月以上不谢,持久的芬芳,悠长的情谊,对我来说,是受到很大的感染。中国人爱画兰,是世界上独特的艺术,与书法一样,纯粹草绿笔墨的表现,没有书法功夫,没有从简单中寓复杂的构图,无深淡对比的能力,那就画成韭菜烧黄蜂了,得到的画面是一个乱字,如今画兰的画家逐渐少了,也许是画家在书法上用力疏忽

陈从周画兰

了吧！

现在人们将昆剧比做兰花，喻其高雅，这一来，仿佛昆剧是曲高和寡了，和兰花一样，爱好者仅数人了。其实兰花称兰草，江南山间随处都有，正如过去昆剧是一种极普通的剧种，深入民间、宫廷，兰花，群众喜爱它，人们将女孩子取名叫兰芳、兰香、秀兰等等，并没有什么了不得，不过人们欣赏水平高，爱此雅致的花与剧种而已。戏剧界有句老话，叫"昆底"，就是戏要演得好，必须有昆剧底子。当年梅兰芳、程砚秋、姜妙香等先辈都是演昆剧的能手，俞振飞老先生更不用说了。兰花有其普遍性，也有其高雅性，亦正如当年的昆剧一样。随着时代的流转，有些人数典忘祖了。不能不使我见了兰花絮絮叨叨说了这些，也许青年们会说我太迂了，但是历史与现实不也正是如此吗？

我们传统的住宅，在江南家家有个小天井，天井的日照半阴半阳，在适宜的湿度，盆栽兰花能安此境。早春有春兰，长夏有夏兰，入秋有秋兰，幽静的庭院，妥帖安排了几盆兰花，清香乍闻，沁人心脾，因为庭院往往是周以墙屋，宜香之不四溢，持久而弥漫。江南人爱兰花，在庭院拍曲，那是最高尚的文娱生活啊！我就是偶然在苏州这样一种境界里，从兰花爱上了昆剧。中国的文化与美学思想有其连锁性，因兰而可以涉及昆剧，昆剧之美又与园林美相通，园林又是重诗情画意的，兰花喻高尚品德，而演剧与造园亦必须寓之以德，这些有其共性，但同时又发挥了不同个性。虽然我今天仅仅说说兰花，假如引用楚辞上屈原对它的歌颂，那太多了。"余既滋兰之九畹兮，又树蕙之百亩"，用屈原的话做结束吧！

园林清议

今天很高兴有机会来与大家谈园林问题和中国园林的特征。中国园林应该说是"文人园",其主导思想是文人思想,或者说士大夫思想,因为士大夫也属于文人。其表现特征就是诗情画意,所追求的是避去烦嚣,寄情山水,以城市山林化,造园就是山林再现的手法,而达明代造园家计成所说"虽由人作,宛自天开"的境界。

中国古代造园,当然离不了叠山,开始是模仿真山的大小来造,进而以真山缩小模型化,但皆不称意,看不出效果,最后,取山之局部,以小见大,抽象出之,叠山之技尚矣。明清两代的假山就是遵照这个立意而成的。今天遗下了很多的佳构,其构思也是一点一滴而来的。山石之外,建筑、水池、树木,组成巧妙的配合,体现了"诗情画意",而建筑在中国园林中又处主要地位,所谓亭台楼阁、曲廊画桥,因此谈到中国园林,便会出现这些东西。在这些如诗如画的园林里,便会触景生情,吟出好诗来,所以亭阁上面还有额联，文化水平高者，立即洞悉其奥妙，文化水平低者，藉着文字点景便能明白。正如老残到了济南大明湖，看见"四面荷花三面柳，一城山色半城湖"，老残豁然领会了这里的特色，暗暗称道："真个不错。"

文学艺术往往是由简到繁，由繁到简，造园也是如此。李格非的《洛阳名园记》没有叠石假山的记载。明清时才多假山，假山有洞有平台，水池方面有临水之建筑，有不临水之建筑。佛祖讲经，迦叶豁然了释，而众人却不懂，造园亦具如此特点。明代园林，山石水池厅堂，品类不多，安排得当，无一处雷同。清乾隆时，产生了空腹假山，当时懂得用 Arch①，便用少量石头来堆大型假山。到晚清，作品趋于繁缛。然网师园能以简出之，遂成上品。而能臻乎上品者，关键在于悟，无悟便无巧。苏东坡亦是大园林家，他说："贫家净扫地，贫女巧梳头。"净即简，巧需悟，又云："不识庐山真面目，只缘身在此山中。"或曰："欲把西湖比西子，淡妆浓抹总相宜。"这景立即点出来了，造园不在花钱多，而要花思想多。二月间，我到过香港，那里城门郊野公园的针峰一带，正是"横看成岭侧成峰，远近高低各不同"，造园家要指出与众不同的地方，那么景观便有特色了。

---

① 英文，意拱形结构。

清乾隆以前，假山有实砌，有土包石；到乾隆时，建筑粗硕，雕刻纤细，装修栏杆亦华丽了；在嘉庆、道光间，戈裕良总结当时新兴叠山做法，推广了空腹假山。是利用少量山石来叠山，中空藏石室，气势雄健，而洞则以钩带法出之，不必加条石承重，发挥券拱的作用，再配以华丽高敞的建筑物，形成了乾隆时代园林的特色，这种手法，可谓深得巧的三昧。宋代李格非《洛阳名园记》未言叠山，亦是"巧"的构思，它是利用洛阳黄土地带的特殊性，用土洞、黄土高低所成的丘壑土壁来布置，因此说"因地制宜"是造园的基本要素。太平天国后，社会出现了虚假性的繁荣，假山以石作台，多花坛，叠山的艺术性衰退了，建筑物用材瘦弱，做工华而不实，是一个时期经济水平的反映。过去造园，园主喜购入旧园重整，这是聪明办法，因为有基础，略事增饰即成名园。太平天国后，有些园林中原演昆曲，亭榭厅中皆可利用演出。自京剧盛行后，很多园林就有戏厅戏台的产生。园林中有读书、作画、吟咏、养性、会客等功能外，再掺入了社交性的娱乐。然而娱乐还不过逢场作戏，士大夫资本家炫富而已的设施。

建设大山水池树木本是慢的，苏州留园，在太平天国后修建时，加了大量建筑，很快便修复了。

造园未能离开功能而立意构思的，因为人要去居、游，而要社会经济基础、生活方式、意识形态、文化修养等多方面来决定,其水平高下要视文化。造园看主人,就是看文化,是十分精确的一句话。

计成在《园冶》中说过:"雕栋飞楹构易,荫槐挺玉成难。"中国园林,越到后期,建筑物越增多,最突出的是太平天国以后,"中兴"将领、皇家都是求速成园,有许多园林,山石花木在园中几乎仅起点缀作用。上海豫园原为明代潘氏园,是士大夫的园林,清代改为会馆,大兴土木,厅堂增多,形成会馆园,园性质改,景观也起变化,而意境更不用说了。文章书画演戏讲气质,园林亦复如是,中国人求书卷气,这一条是中国传统艺术的命脉,色彩方面,要雅洁存质感。假山用混凝土来造,素菜以荤而名,不真了。

真善美,三者在美学理论中讲得多了,造园也要讲真,真才能美。我说过"质感存真",虚假性的,终是伪品,过去园林中的楠木厅、柏木亭,都不髹漆,看上去雅洁悦目,真假山石终比水泥假山来得有天趣,清泉飞瀑终比喷水池自然,园林佳作必体现这真的精神,山光水色,鸟语花香,迎来几分春色,招得一轮明月,能居,能游,能观,能吟,能想,能留客,有此多端,谁不爱此山林一角呢!

能留客的园林是令人左右顾盼,令人想入非非,园林该留有余地，该令人遐想。

有时，假的比真的好，所以要假中有真，真中有假，假假真真，方入妙境。

园林是捉弄人的，有真景，有虚景，真中有假，假中有真。因此，我题《红楼梦》的大观园："红楼一梦真中假，大观园虚假幻真"之句。这样的园林含蓄不尽，能引人遐思。择境殊择交，厌直不厌曲，造园须曲，交友贵直，园能寓德，子孙多贤，故造园既为修身养性，而首重教育后代，用园林的意境感染人们读书、吟咏、书画、拍曲，以清雅的文化生活，从而培养成正直品高的人。因此造园者必先究理论研究与分析，无目的以园林建筑小品妄凑一起，此谓之园林杂拼。

中国造园有许多可继承的，继承的并非形式，是理论、"因借"手法，因就是因地制宜，借即借景。其他对景、对比、虚实、深浅、幽远、隔曲、藏露……以及动观、静观相对的处理规律，这是有其法而无式，灵活运用，以清新空灵出之，全在于悟。

过去造园，各园皆具特色，亦就是说如做文章，文如其人，面貌各异。现在造园，各地皆有园林管理机构、专职工程师、工程队，所以在风格上渐趋一律，至于若干旧园，不修则已，一修又顿异旧观，纳入相似规格，因此古人说"改园更比改诗难"。我很为若干历史上遗留下来的名园担心，再这样下去的话，共性日益增多，个性日渐减少，这个问题目前日见突出了，我们造园工作者，更应引起警惕。所以说不究园史，难以修园，休言造园。而"意境"二字，得之于学养，中国园林之所以称为文人园，实基于"文"，文人作品，又包括诗文、词曲、书画、金石、戏曲、文玩，等等，甚矣学养之功难言哉。

此文就我浅见所及，提出来向大家求正，还望有所教我。

此文1986年2月在香港中文大学报告，1986年9月修改后在日本建筑学会100周年年会报告

园日涉以成趣

中国园林如画如诗,是集建筑、书画、文学、园艺等艺术的精华,在世界造园艺术中独树一帜。

每一个园都有自己的风格,游颐和园,印象最深的应是昆明湖与万寿山;游北海,则是湖面与琼华岛;苏州拙政园曲折弥漫的水面,扬州个园峻拔的黄石大假山等,也都令人印象深刻。

在造园时,如能利用天然的地形再加人工的设计配合,这样不但节约了人工物力,并且利于景物的安排,造园学上称为"因地制宜"。

中国园林有以山为主体的,有以水为主体的,也有以山为主水为辅,或以水为主山为辅的,而水亦有散聚之分,山有平冈峻岭之别。园以景胜,景因园异,各具风格。在观赏时,又有动观与静观之趣。因此,评价某一园林艺术时,要看它是否发挥了这一园景的特色,不落常套。

中国古典园林绝大部分四周皆有墙垣,景物藏之于内。

可是园外有些景物还要组合到园内来，使空间推展极远，予人以不尽之意，此即所谓"借景"。颐和园借近处的玉泉山和较远的西山景，每当夕阳西下时，在湖山真意亭处凭栏，二山仿佛移置园中，确是妙法。

中国园林，往往在大园中包小园，如颐和园的谐趣园、北海的静心斋、苏州拙政园的枇杷园、留园的揖峰轩等，它们不但给园林以开朗与收敛的不同境界，同时又巧妙她把大小不同、结构各异的建筑物与山石树木，安排得十分恰当。至于大湖中包小湖的办法，要推西湖的三潭映月最妙了。这些小园、小湖多数是园中精华所在，无论在建筑处理、山石堆叠、盆景配置等，都是细笔工描，耐人寻味。游园的时候，对于这些小境界，宜静观盘桓。它与廊引人随的动观看景，适成相反。

中国园林的景物主要摹仿自然，用人工的力量来建筑天然的景色，即所谓"虽由人作，宛自天开"。这些景物虽不一定强调仿自某山某水，但多少有些根据，用精炼概括的手法重现。颐和园的仿西湖便是一例，可是它又不尽同于西湖。亦有利用山水画的画稿，参以诗词的情调，构成许多诗情画意的景色。在曲折多变的景物中，还运用了对比和衬托等手法。颐和园前山为华丽的建筑群，后山却是苍翠的自然景物，两者予人不同的感觉，却相得益彰。

在中国园林中，往往以建筑物与山石作对比，大与小作对比，高与低作对比，疏与密作对比等等。而一园的主要景物又由若干次要的景物衬托而出，使宾主分明，像北京北海的白塔、景山的五亭、颐和园的佛香阁便是。

中国园林，除山石树木外，建筑物的巧妙安排，十分重要，如花间隐榭、水边安亭。还可利用长廊云墙、曲桥漏窗等，构成各种画面，使空间更加扩大，层次分明。因此，游过中国园林的人会感到庭园虽小，却曲折有致。这就是景物组合成不同的空间感觉，有开朗，有收敛，有幽深，有明畅。游园观景，如看中国画的长卷一样，次第接于眼帘，观之不尽。

"好花须映好楼台"，到过北海团城的人，没有一个不说团城承光殿前的松柏，布置得妥帖宜人。这是什么道理？其实是松柏的姿态与附近的建筑物高低相称，又利用了"树池"将它参差散植，加以适当的组合，使疏密有致，掩映成趣。苍翠虬枝与红墙碧瓦构成一幅极好的画面，怎不令人流连忘返呢？颐和园乐寿堂前的海棠，同样与四周的廊屋形成了玲珑绚烂的构图，这些都是绿化中的佳作。江南的园林利用白墙作背景，配以华滋的花木、清拔的竹石，明洁悦目，又别具一格。园林中的花木，大都是经过长期的修整，使姿态曲尽画意。

园林中除假山外，尚有立峰，这些单独欣赏的佳石，如抽象的雕刻品，欣赏时，往往以情悟物，进而将它人格化，称其人峰、圭峰之类。它必具有"瘦、皱、透、漏"的特点，方称佳品，即要玲珑剔透。中国古代园林中，要有佳峰珍石，方称得名园。上海豫园的玉玲珑、苏州留园的冠云峰，在太湖石①中都是上选，使园林生色不少。

若干园林亭阁，不但有很好的命名，有时还加上很好的对联，读过刘鹗的《老残游记》，总还记得老残在济南游大明湖，看了"四面荷花三面柳，一城山色半城湖"的对联后，暗暗称道："真个不错。"可见文学在园林中所起的作用。

不同的季节，园林呈现不同的风光。北宋名山水画家郭熙在其画论《林泉高致》中说过，"春山淡冶而如笑，夏山苍翠而如滴，秋山明净而如妆，冬山惨淡而如睡。"造园者多少参用了这些画理，扬州的个园便是用了春夏秋冬不同的假山。在色泽上，春山用略带青绿的石笋，夏山用灰色的湖石，秋山用褐色的黄石，冬山用白色的雪石。黄石山奇峭凌云，俾便秋日登高。雪石罗堆厅前，冬日可作居观，便是体现这个道理。

晓色春开，春随人意，游园当及时。

---

① 太湖石产于中国江苏省太湖流域，是一种多孔而玲珑剔透的石头，多用以点缀庭院之用，是建造中国园林不可少的材料。

又园析美

悠然把酒对西山：颐和园

"更喜高楼明月夜，悠然把酒对西山。"明米万钟[①]在他北京西郊的园林里，写了这两句诗句，一望而知是从晋人陶渊明"采菊东篱下，悠然见南山"脱胎而来的。不管"对"也好，"见"也好，所指的都是远处的山。这就是中国园林设计中的借景。把远景纳为园中一景，增加了该园的景色变化。这在中国古代造园中早已应用，明计成[②]在他所著《园冶》一书中总结出来，有了定名。他说："借者，园虽别内外，得景无拘远近。"已阐述得很明白了。

北京的西郊，西山蜿蜒若屏，清泉汇为湖沼，最宜建园。历史上曾为北京园林集中之地，明清两代，蔚为大观，其中圆明园更被称为"万园之园"。

这座在历史上驰名中外的名园——圆明园，其于造园

[①] 米万钟（1570—1629），中国明末的书画家，又为中国园林的著名设计师之一。现北京大学学校园尚存的夕园，即为米万钟创建的著名园林所在。

[②] 计成是中国明末的园林学家，有著名的园林理论著作《园冶》传世。书成于公元1631—1634年间，对中国园林的造园叠山有一套系统的理论，对中国园林艺术的研究颇多建树。

之术，可用"因水成景，借景西山"八字来概括。圆明园的成功，在于"因""借"二字，是中国古代园林的主要手法的具体表现。偌大的一个园林，如果立意不明，终难成佳构。所以造园要立意在先。尤其是郊园，郊园多野趣，重借景。这两点不论从哪一个园，即今日尚存的颐和园，都能体现出来。

圆明园在1860年英法联军与1900年八国联军入侵北京时已全被焚毁，今仅存断垣残基。如今，只能用另一个大园林颐和园来谈借景。

颐和园在北京西北郊十公里。万寿山耸翠园北，昆明湖弥漫山前，玉泉山蜿蜒其西，风景洵美。

颐和园在元代名瓮山金海，至明代有所增饰，名好山园。清康熙四十一年（1702）曾就此作瓮山行宫。清乾隆十五年（1750）开始大规模兴建，更名清漪园。1860年为英法联军所毁，1886年修复，易名颐和园。1900年又为八国联军所破坏，1903年又重修，遂成今状。

颐和园是以杭州西湖为蓝本，精心摹拟，故西堤、水岛，烟柳画桥，移江南的淡妆，现北地之胭脂，景虽有相同，趣则各异。

园面积达三四平方公里，水面占四分之三，北国江南因水而成。入东宫门，见仁寿殿，峻宇翚飞，峰石罗前。

绕其南豁然开朗，明湖在望。

万寿山面临昆明湖，佛香阁踞其巅，八角四层，俨然为全园之中心。登阁则西山如黛，湖光似镜，跃然眼帘；俯视则亭馆扑地，长廊萦带，景色全围于一园之内，其所以得无尽之趣，在于借景。小坐湖畔的湖山真意亭，玉泉山山色塔影，移入槛前，而西山不语，直走京畿，明秀中又富雄伟，为他园所不及。

廊在中国园林中极尽变化之能事，颐和园长廊可算显例，其予游者之兴味最浓，印象特深，廊引人随，中国画山水手卷，于此舒展，移步换景，上苑别馆，有别宫禁，宜其清代帝王常作园居。

谐趣园独自成区，倚万寿山之东麓，积水以成池，周以亭榭，小桥浮水，游廊随经，适宜静观，此大园中之小园，自有天地。园仿江南无锡寄畅园，以同属山麓园，故有积水，皆有景可借。

水曲由岸，水隔因堤，故颐和园以长堤分隔，斯景始出，而桥式之多，构图之美，处处画本，若玉带桥之莹洁柔和，十七孔桥之仿佛垂虹，每当山横春霭，新柳拂水，游人泛舟，所得之景与陆上得之景，分明异趣。而处处皆能映西山入园，足证"借景"之妙。

小有亭台亦耐看：网师园

小有亭台亦耐看，并不容易做到，从艺术角度来讲，就是要以少胜多，要含蓄，要有不尽之意，要能得体，无过无不及，恰到好处。试以苏州网师园来谈谈，它是造园家推誉的小园典范。

网师园初建于宋代，原为南宋史正志的万卷堂故址。清乾隆年间（1736—1795）重建，同治年间（1862—1874）又重建修，形成了今天的规模。园占地不广，但是人处其境，会感到称心悦目，宛转多姿，可坐可留，足堪盘桓竟夕，确实有其迷人之处，能达到"淡语皆有味，浅语皆有致"的高度境界。

中国园林往往与住宅相连，是住宅建筑的组成部分。中国传统住宅多受封建社会的宗法思想影响，布局较为严谨，而园林部分却多范山模水，以自然景色出现，可调剂生活，增进舒适的情味。网师园的园林和住宅都不算大，皆以精巧见称，主宅亦只有会客饮宴用的大厅和起居的内厅。主宅旁则以楼屋为过渡,与西部的园林形成若接若分的处理,手法巧妙。

从桥厅西首入园,可看到门上刻有"网师小筑"四字,网师是托于渔隐的意思,因此,园的中心是一个大池。进园有曲廊接四面厅,厅名小山丛桂轩,轩前隔以花墙,山幽桂馥,香藏不散。轩东有便道,可直贯南北,径莫妙于曲,莫便于直,因为是便道所以是用直道,供当时仆人作传达递送之用的。蹈和馆琴室位轩西,小院回廊,迂徐曲折。欲扬先抑,未歌先敛,此处造园也用此技法,故小山丛桂轩的北面用黄石山围隔,称云岗。随廊越陂,有亭可留,名月到风来亭,视野开阔,明波若镜,渔矶高下,画桥逦迤,俱呈一池之中。其间高下虚实,云水变幻,骋怀游目,咫尺千里。"涓涓流水细侵阶,凿个池儿,招个月儿来,画栋频摇动,荷蕖尽倒开。"亭名正写此妙境。云冈以西,小阁临流,名"濯缨",与看松读画轩隔水相呼。轩是园的主厅,其前古木若虬,老根盘结于苔石间,仿佛一幅画面。轩旁有廊一曲,与竹外一枝轩接连,东廊名"射鸭",是一半亭,与池西之月到风来亭相映,凭阑得静观之趣。俯视池水,弥漫无尽,聚而支分,去来无踪,盖得力于溪口、湾头、石矶的巧妙安排,以假象逗人。桥与步石环池而筑,其用意在不分割水面,看去增加支流深远之意。至于驳岸有级，出水流矶，增人浮水之感。而亭、台、廊、榭无不面水，使全园处处有水可依。园不在大，泉不在广。唐杜甫诗所谓"名园依绿水"，正好为此园写照。池周山石，看去平易近人，蕴藉多姿，它的蓝本出自虎丘白莲池。

网师园西部殿春簃本来是栽植芍药花的，因为一春花事，芍药开在最后，所以名为"殿春"。小轩三间，复带书房，竹、石、梅、蕉隐于窗后，每当微阳淡淡地照着，宛如一幅浅色的画图。苏州的园林，此园的构思最佳。因为园小，建筑物处处凌虚，空间扩大，"透"字的妙用，随处得之。轩前面东为假山，与其西曲相对。西南的角上有一小水池，名为"涵碧"，清澈醒人，与中部大池有脉可通，存水贵有源之意。泉上筑亭，名"冷泉"，南面略置峰石，为殿春簃的对景。余地用卵石平整铺地。它与中部水池同一原则，都是以大片面积，形成水陆的对比。前者以石点水，后者以水点石。在总体上是利用建筑与山石的对比，相互更换，使人看去觉得变化多端。

万顷之园难在紧凑，数亩之园难在宽绰。紧凑则不觉其大，游无倦意，宽绰则不觉局促，览之有物，故以静动观园，有缩地扩基之妙，而奴役风月，左右游人，极尽构思之巧。网师园无旱船[①]、大桥，建筑物尺度略小，数

---

① 旱船是中国园林常见的一种建筑形式，为水边建造的船形建筑物，以供临水游憩眺望。

量适可而止，停停当当，像个小园格局，这在造园学上称为"得体"。

至于树木栽植，小园宜多落叶，以疏植之，取其空透。此为以疏救塞，因为园小往往务多的缘故。小园布景有中空而边实，有中实而边空，前者如网师园，后者环秀山庄略似之。总之，在有限面积要有较大空间，这些空间要有变化，所以利用建筑、花墙、山石等分隔，以形成多种层次，而曲水弯环，又在布局上多不尽之意。造园之妙，盖在于此。

庭院深深深几许：留园

"小廊回合曲阑斜。""庭院深深深几许。"这些唐宋人的词句，描绘了中国庭院建筑之美。

苏州留园与拙政园一样，皆初建于明代，亦同样经过后人重修。其中部假山，出明代叠山匠师周秉忠之手。留园又名寒碧山庄，因为清刘蓉峰[①]重整此园时，多植白皮松，使园更显清俊，故以寒碧二字名之。刘氏好石，列十二峰宠其园，如冠云一峰，即驰誉至今。

进入留园，那狭长的进口，时暗时明，几经转折，始现花墙当面，仅见漏窗中隐现池石；及转身至明瑟楼，方见水石横陈，花木环覆，不觉此身已置画中矣。恰似白居易"千呼万唤始出来，犹抱琵琶半遮面"诗意。

此园之中部，有山环水，曲溪楼居其东，粉墙花棂，倒影历历，可亭踞北山之巅，闻木樨香轩与曲溪楼相对，但又隐于石间，藏而不露。游廊环园，起伏高低，止于池南。

---

① 刘蓉峰，清嘉庆年间（1796—1820）园林学家，为苏州留园的重要修整人之一。

涵碧山房，荷花厅也。其西北小桥，架三层，各因地势形成立体交通。临水跨谷，各具功能，又各饶情趣。于数丈之地得之，巧于安排也。翘首西望，远眺枫林若醉，倾入池中，红泛碧波，引入遐想，得借景之妙。

园之东部多院落，楼堂错落，廊庑回缭，峰石水池，间列其前，游人至此，莫知所至。揖峰轩、五峰仙馆、林泉耆硕之馆、冠云楼等参差组合，各自成区，而又互通消息，实中寓虚，其运用墙之分隔，窗之空透，使变化多端，而风清月朗，花影栏杆，良宵更为宜人。

中部之水，东部之屋，西部之山，各有主体，各具特征，而皆有节奏韵律，人能得之者变化而已。而"园必隔，水必曲"之理，于此园最能体现。

二分明月在扬州：扬州园林

江苏扬州市西郊有瘦西湖，湖以瘦字命名，已点出其景致特色。

瘦西湖原是一条狭长水面，两岸以往全是私家园林，万柳拂水，楼阁掩映，瘦西湖正是游诸园的水上交通要道。清时，因乾隆南巡，加建了白塔与五亭桥，虽都是模仿北京北海的建筑，可是风格各有不同。从城内的小秦淮乘画舫缓缓入湖，登小金山俯瞰全湖，坐在"月观"，眺望"四桥烟雨"，空濛迷离，婉约如一首清歌。

瘦西湖的景妙在巧。最巧是从小金山下沿堤至"钓鱼台"，白塔与五亭桥分占圆拱门内，回视小金山，又在另一拱门中，所谓面面有情，于此方得。而雨丝风片，烟波画船，人影衣香，赤栏小桥，游览应以舟行最能体会到其中妙处。

平山堂是瘦西湖一带最高的据点，堂前可望江南山色，有一联："晓起凭阑，六代青山都在眼；晚来把酒，二分明月正当头。"将景物概括殆尽。此堂位置正与隔江之山齐平,故称平山堂。其他如:"白塔晴云""春台明月""蜀冈晚照"等二十四景亦招徕了不少游人。如今平山堂所在地的大明寺又建了唐高僧鉴真[①]纪念堂,修整了西园,西园有山中之湖,并有天下第五泉,饶山林泉石之趣。

扬州以名园胜,名园以叠石胜。扬州具有地方特色的四季假山,能使游者从各类假山中,享受到不同季节的感受。个园的假山就是其中代表作。

个园园门内满植修竹,竹间配置石笋,以一真一假的幻觉形成了春景。湖石山是夏山,山下池水流入洞谷,其洞如屋,曲折幽邃,山石形态多变化,是夏日纳凉的好地方。秋山是一座黄石山,山的主面向西,每当夕阳西下,一抹红霞,映照在山上,不但山势显露,并且色彩倍觉斑斓,而山的本身又拔地数丈,峻峭凌云,宛如一幅秋山图,是秋日登高的理想所在。山中还置小院、石桥、石室等,人在洞中上下盘旋,造奇致胜。登山顶北眺绿杨城郭、瘦西湖、平山堂诸景,一一招入园内。山之南有石一丘,其色白,巧妙地象征雪意,是为冬景。从不同的欣赏角度,构不同季节的假山,只扬州有之。

楼阁建筑是中国园林的重要组成部分,楼阁嵯峨,游

---

① 鉴真(688—763),唐代僧人,742—753年间六次东渡日本,最后一次成功抵达日本九州南部,后在日本奈良宣讲佛经,759年修建招提寺。

廊高下，予人以极深刻之印象。而扬州园林除水石之胜外，其厅堂高敞，多置于一园的主要位置，作为宴客畅聚之用，因为园林的主人皆属富商，有必要的交际活动。厅堂都为层楼，其联缀之游廊，同样亦有两层，称复道廊，故游览线形成上下两层，借山登阁，穿洞入穴，上下纵横，游者至此往往迷途，此与苏州园林在平面上的柳暗花明境界，有异曲同工之妙。游寄啸山庄，则游者必能体会。

寄啸山庄中凿大池，池北楼宽七楹，主楼三间突出，称蝴蝶厅，楼旁连复道廊可绕全园，高低曲折，随势凌空。中部与东部又用此复廊分隔，通过上下两层壁间的漏窗，可互见两面景色，空透深远。池东筑水亭，四角卧波，为纳凉演剧之所。在在突出建筑物，而山石水池则点缀其间。洞房曲户，回环四合，隋炀帝在扬州建造迷楼，流风所及，至今尚依稀得之。清乾隆年间《履园丛话》[①]所说："造屋之工，当以扬州第一，如作文之有变换，无雷同。虽数间之筑，必使门窗轩豁，曲折得宜。"寄啸山庄使人屡屡难以忘情者，其故在此。

扬州的景物是平处见天真，虽无高山大水，而曲折得宜，起伏有致，佐以婉约轻盈之命名，能于小处见大，简中寓繁，蕴藉多姿。

---

① 《履园丛话》，清钱泳撰，共二十四卷，其中有专记述园林文字。

小盘谷的九狮山石壁，允为扬州园林中之上选。园中的建筑物与山石、山石与粉墙、山石与水池、前院与后院等配置，利用了幽深与开朗、高峻与低平等的对比手法，形成一时此分彼合的幻景。花墙间隔得非常灵活，山峦、石壁、步石、谷口等的叠置，正是危峰耸翠，苍岩临流，水石交融，浑然一体。园内虽无高楼奇阁，但幽曲多姿，浅画成图。"以少胜多"的园林设计法，在扬州以此园最有代表性。

上海的豫园与内园

　　豫园与内园皆在上海旧城区城隍庙的前后,为上海目前保存较为完整的旧园林。上海市文化局与文物管理委员会十分重视这个名园,除加以管理外,并逐步进行了修整,给人口密度最多的地区以很好的绿化环境,作为广大人民游憩的地方,充分发挥了该园的作用。年来我参与是项工作,遂将所见,介绍于后:

　　一、豫园是明代四川布政使上海人潘允端为侍奉他的父亲——明嘉靖间尚书潘恩所筑,取"豫悦老亲"的意思,名为豫园。从明朱厚熜(世宗)嘉靖三十八年(公元一五五九年)开始兴建,到明朱翊钧(神宗)万历五年(公元一五七七年)完成,前后花了十八年工夫,占地七十余亩,为当时江南有数的名园(潘宅在园东安仁街梧桐路一带,规模甲上海,其宅内五老峰之一,今在延安中路旧严宅内)。十七世纪中叶,潘氏后裔衰落,园林渐形荒废。清弘历(高宗)乾隆二十五年(公元一七六〇年),该地人士集资购得是园一部分，重行整理。当时该园前面已在清玄烨（圣祖）四十八年（公元一七〇九年）筑有"内园"，二园在位置上所在不同，就以东西园相呼，豫园在西，遂名西园了。清道光间，豫园因年久失修，当时地方官曾通令由各同业公所分管，作为议事之所，计二十一个行业各处一区，自行修葺。旻宁（宣宗）道光二十二年（公元一八四二年）鸦片战争时，英兵侵入上海，盘踞城隍庙五日，园林遭受破坏。其后奕詝（文宗）咸丰十年（公元一八六〇年），清政府勾结帝国主义镇压太平天国革命，英法军队又侵入城隍庙，造成更大的破坏。清末园西一带又辟为市肆，园之本身益形缩小，如今附近几条马路如凝晖路、船舫路、九狮亭等，皆因旧时凝晖阁、船舫厅、九狮亭而得名的。

　　豫园今虽已被分隔，然所存整体，尚能追溯其大部分。上海市的新规划，将来是要将它合并起来的。今日所见豫园是当年东北隅的一部分，其布局以大假山为主，其下凿池构亭，桥分高下。隔水建阁，贯以花廊，而支流弯转，折入东部，复绕以山石水阁，因此山水皆有聚有散，主次分明，循地形而安排，犹是明代造园的一些好方法。

　　萃秀堂是大假山区的主要建筑物，位于山的东麓，系面山而筑。山积土垒黄石而成，出叠山家张南阳之手，为江南现存最大黄石山。山路泉流纡曲,有引人入胜之感。自萃秀堂绕花廊,入山路,有明祝枝山所书"溪山清赏"的石刻,可见其地境界之美。达巅有平台,坐此四望,全园景物坐拥而得。其旁有小亭,旧时浦江片帆呈现槛前,故名望江亭。山麓临池又建一亭,倒影可鉴。隔池为仰山堂,系二层楼阁,外观形制颇多变化,横卧波面,倒影清晰。水自此分流,西北入山间,谷有瀑注池中。向东过水榭绕万花楼下,虽狭长清流,然其上隔以花墙,水复自月门中穿过,望去觉深远不知其终。两旁古树秀石,阴翳蔽日,意境幽极。银杏及广玉兰扶疏接叶,银杏大可合抱,似为明代旧物。大假山以雄伟见长,水池以开朗取胜,而此小流又以深静颉颃前二者了。在设计时尤为可取的,是利用清流与复廊二者的联系,而以水榭作为过渡,砖框漏窗的分隔与透视,顿使空间扩大,层次加多,不因地小而无可安排。

小溪东向至点春堂前又渐广(原在点春堂前西南角建有洋楼,一九五八年拆除,重行布置)。"凤舞鸾鸣"为三面临水之阁,与堂相对。其前则为和煦堂,东面依墙,奇峰突兀,池水潆洄,有泉瀑如注。山巅为快阁,据此东部尽头西眺,大假山又移置槛前了。山下绕以花墙,墙内筑静宜轩。坐轩中,漏窗之外的景物隐约可见,而自外内望又似隔院楼台，莫穷其尽。点春堂弯沿曲廊，可导至情话室，其旁为井亭与学圃。学圃亦踞山而筑，山下有洞可通。点春堂，在清奕䜣（文宗）咸丰三年（公元一八五三年）上海人民起义时，小刀会领袖刘丽川等解放上海县城达十七个月，即于此设立指挥所，因此也是人民革命的重要遗迹。

二、内园原称东园，建于清玄烨（圣祖）康熙四十八年（公元一七○九年）。占地仅二亩，而亭台花木，池沼水石，颇为修整，在江南小型园林中，还是保存较好的。晴雪堂为该园主要建筑物，面对假山，山后及左右环以层楼，为此园之主要特色，有延清楼、观涛楼等。耸翠亭出小山之上，其下绕以龙墙与疏筠奇石。出小门为九狮池，一泓澄碧，倒影亭台，坐池边游廊，望修竹游鱼，环境幽绝。此池面积至小，但水自龙墙下洞曲流出，仍无局促之感。从池旁曲廊折回晴雪堂。观涛楼原可眺黄浦江烟波，因此而定名，今则为市肆诸屋所蔽，故仅存其名了。

清代造园，难免在小范围中贪多，亭台楼阁，妄加拼凑，致缺少自然之感，布局似欠开朗。内园显然受此影响，与豫园之大刀阔斧的手笔，自有轩轾。然此园如九狮池附近一部分，尚曲折有致，晴雪堂前空间较广，不失为好的设计。

总之，二园在布局上有所差异，但局部地方加假山的堆砌，建筑物的零乱无计划，以及庸俗的增修，都是清末叶各行业擅自修理所造成的后果。今后在修复工作中，还是要留心旧日规模，去芜存菁，复原旧观才是。

其他如大荷池、九曲桥、得月楼、环龙桥、玉玲珑湖石、九狮亭遗址等，均属豫园所有，今皆在市肆之中，故不述及。（作者按：在一九五八年的兴修中，玉玲珑湖石及九狮亭、得月楼等皆复原，并在中部开凿了大池。）

《文物参考资料》1957年第6期

闲话西湖园林

春节前，我因事去杭州几天。又一次见到"孤山游客成千万，愧我长吟行路难"及"不闻鼙雷声，但见人轧（方言：ga）人"的北湖与灵隐的景况。

"旧游湖上等行云"，这已是快半个世纪的事了，还是在少年时代，春秋佳日，游西湖，吃醋鱼，尽一日之乐。那时，游西湖也分水游与陆游两种。水游呢，从湖滨上船，一叶扁舟，那些有名的三潭映月，湖心亭倒不是必游之处，而游的却是湖边的园林别墅，杭州人称为"庄子"。著名的有刘庄、小刘庄、蒋庄、汪庄、郭庄、高庄、杨庄、许庄以及南阳小庐、俞楼等。它们都分布在南北湖两岸：有的依山，有的面水，亭台交错，楼阁掩映。但都有一个特征，没有不借景湖山的。雍容华贵的刘庄，建筑装修都是红木紫檀雕刻的，室内陈设也很讲究。许庄却以柳竹为主，以淡雅出之。而后起的蒋庄与汪庄则又是藻饰新颖。我们舍舟上岸到庄子中品茗，管理人员殷勤招待，临行相送，赠以薄酬，宾主都是谦和愉快。从早到晚也没有一定的计划，能游几个，就游几个。杜甫诗云："性移无洒扫，随意坐莓苔。"我们就是抱着这种态度，难得浮生半日闲或一日闲的。

说到杭州园林，除城中的市园外，主要是西湖这些"庄子"了，可说是杭州园林的代表。"庄子"应该称是郊园，郊园多野趣，它主要是结合自然。西湖的"庄子"一方面着眼于"借景""对景"，同时因为大多数临湖，除了安排适当建筑外，也掇山凿池，同市园差不多。而其选址以里湖、南湖为多，因为湖面不大，有山可依，宜于建园。围墙不高，也有用竹篱的。当年袁枚营随园于南京，无园墙之设，因地制宜，其源出自西湖"庄子"。

最近我做了这样一首诗："村茶未必逊醇酒，说景如何欲两全。莫把浓妆欺淡抹，杭州人自爱天然。"淡妆是西湖风格，这些"庄子"粉墙黛瓦，那么雅洁，而这些粉墙点出了西湖的明静。软风、柔波、垂柳三者的交响曲，奏出了湖面的旋律，陶醉了多少的游人。从亭廊、水榭中可以望见远处的层峦翠色，晓雾朝霞，暮霭晨光，空灵得使你销魂。这些难以忘怀的境界，永远萦绕我的脑间。西湖的园林（庄子）是人工与天然结合的巧妙构图，舟中的动观，与园中的静观，相互形成了西湖的特色。

西湖的花木，四季显其所长。孤山的梅，里湖的荷，满觉垄的桂，万松岭、九里松的松，韬光云栖的竹，真是各臻其妙。这些地方，不以人工的藻饰损于天然的姿容，它是天然的园林，如同一个朴素的村姑，天真得亲切、动人。而群山秀色，溪流淙淙，纯洁得教人感到俗气全消。龚自珍是杭州人，他用"无双毕竟是家山"来赞誉西湖，并非是没有理由的。

宋人姜白石孤山词有"凉观酒初醒，竹阁吟才就"之句咏西湖的建筑，幸运得很，我居然于雪后初霁，在阮公墩新建的竹阁中品茗。那天的茶特别清洌，从丝丝衰柳中望南山，仿佛水墨描的，而另一面呢，"高楼大厦来头顶，怕见北山落眼前"。它污染了清雅的景观，感到惆怅。而遥望南湖总觉得缺点什么，原来雷峰塔早圮了，"盈盈一水成孤寂，莫怪游人论短长"。因为景虚了，自是若有所失，这西湖风景的一笔，是何等的重要啊！过去雷峰塔下，有白云庵，也是个园林，苏曼殊住在庵中，有"白云深处拥雷峰，几树寒梅带雪红。斋罢垂垂浑入定，庵前潭影落疏钟"之句，读罢有些飘飘然，园景无一笔不跃然纸上，如今庵亡已久，而南屏晚钟亦早成绝响，这倚山偎水的西湖名园仅留梦忆而已。

挑灯偶忆，写到此，我总感到西湖是个大园林，它有独具的特色。而这些大园中的小园,更有西湖园林的地方风格。为了扩大西湖的游览,这些"庄子",如果能逐步恢复,西湖的旅游就丰富得多了。

中国的园林艺术与美学

诸位都是搞美学的，我是搞建筑和园林的。当然建筑、园林也涉及美学，同美学的关系很深。但毕竟建筑、园林还是一个单独的学科。所以我只能从园林的角度，从建筑的角度，把自己学到的一点东西，提出来向诸位讨教，同诸位讨论，可能会讲许多门外汉的话，我是抱着学生的态度来的，我想大家是会原谅我的。

我今天只谈风月，与君约略话园林。

自从旅游事业兴起以来，世界上不少国家都在掀起一阵中国园林热。前年我去美国纽约搞了一个中国园林，那边就对我国园林推崇备至，影响很大。

现在大家都晓得中国园林好，漂亮。到底好在哪里？为什么漂亮？这个问题同美学关系很大。过去大家讲中国园林有诗情画意。一到花园就要想做诗画画。这诗情画意是怎么出来的呢？这同美学有关系，同情感有关系。过去我国有句话说"私订终身后花园，落难公子中状元"。

为什么在后花园私订终身？为什么不在大门口私订终身？花园里有诗情画意，有情感。内因是根据，外因是条件，有这个条件就促进了他们的爱情。所以园林里有诗情画意。

　　对于中国人欣赏美的观点，我们只要稍微探讨一下，就不难看出，无论我们的文学、戏剧，我们的古典园林，都是重情感的抒发，突出一个"情"字。所以"私订终身后花园，落难公子中状元"，他们就在这个花园里有了情。中国人讲道义，讲感情，讲义气，这都同情有关系。文学艺术如果脱离了感情的话，就很难谈了。中国人以感情悟物，进而达到人格化。比如以园林里的石峰来说，中国园林里堆石峰，有的叫美人峰，有的叫狮子峰、五老峰，有各种名称；其实它像不像狮子呢？并不像。像美人吗？也并不像。还讲它像什么五老，并不像。为什么有这么多名称？这是感情悟物，使狮子、石头达到人格化。欣赏的是它们的品格。而国外花园中的雕塑搞得很像很像，这就是各个国家、各个民族的审美习惯不同。中国人看东西，欣赏艺术往往带有自己的感情，要加入人的因素。比如，中国的花园建造有大量的建筑物，有廊柱、花厅、水榭、亭子等等。我们知道一个园林里有建筑物，它就有了生活。有生活才有情感，有了情感，它才有诗情画意。"芳草有情，斜阳无语，雁横南浦，人倚西楼。"这里最关键是后面那句，

"人倚西楼"。有楼就有人，有人就有情。有了人，景就同情发生关系。所以中国园林以建筑为主，是有它的道理的。原始森林是好看的，大自然风光是好看的，但大自然给人的美同人为的美在感情上就有区别。为什么过去中国造花园，必先造一个花厅？花厅可以接客，有了花厅以后，再围绕花厅造景，凿池栽树，堆叠假山。所以中国的风景区必然要点缀建筑物，以便于游览者的行脚。比如泰山就有个十八盘。登泰山开始，先要游岱庙，到了泰山脚，还有一个岱宗坊，过了岱宗坊还有大红门，再到中天门，中天门上去才到南天门。在这个风景区也盖了大量的建筑物。这样步步加深，步步有景。所以中国的园林和风景区，同建筑有着极为密切的关系。从美学观点看就是同人发生关系，同生活发生关系，同人的感情发生关系。

中国的园林，它的诗情画意的产生，是中国园林美的反映。我个人有这么个观点：它同文学、戏剧、书画，是同一种感情不同形式的表现。比方说，明末清初的园林，同晚明的文学、书画、戏剧，是同一种思想感情，只是表现的形式不同。明末的计成，他既是园林家，也是画家。清朝的李渔也是园林家，又是一个戏剧家。中国文化是个大宝库，从这个宝库中可以产生出很多很多不同的学问来。而中国文化又不是孤立的，它们互相联系，互相感染。可以说中国园林是建筑、文学艺术等的综合体。

中国园林叫"构园",着重在"构"。有了"构"以后,就有了思想,就有了境界。"构"就牵涉到美学,所以构思很重要。中国好的园林就有构思,就有境界。王国维在《人间词话》中说,词要有境界,晏几道有晏几道的境界,李清照有李清照的境界。所以我就提出八个字:"园以景胜,景以园异。"许多外国人来我国旅游,中国导游人员讲花园,讲不出境界。外国人看这个花园有景在里头,那个花园也有景在里头,有什么不同?导游人员就讲不出,他不懂得"园以景胜,景以园异"。我们造园林有一条,就是同中求异。同中求不同,不同中求同,即所谓"有法而无式"。"法"是有的,但是"式"却没有,没有硬性规定。我们有许多人造园,不是我讲笑话,就好像庸医,凡是发烧就用一个方子。如果烧不退,另外方子就拿不出来,这就说明他没有理论上的武装。有了园林的理论再去学习园林设计,那个园林才是好的。最近同济大学修了个花园,我回来一看就批评起来。我问:"是哪个人叫你搞的?你把你造这个花园的理论讲出来,讲出来我服。好!你讲不过我就拆。为什么造这个建筑,为什么种那株树,你说服不了人,说明你没有一个理论。"我们有些风景区之所以搞不好,就是这个原因。最近我到泰山去,泰山要造缆车。我说泰山是什么山？泰山是国家统一、民族团结的象征。是我们国家的山，民族的山，是风景区，是个国宝。你在那里搞个缆车，在原则上讲不通。我们知道，外国在旅游上有一条，叫旅游关系问题。一个是旅，一个是游。旅要快，游要慢。旅游是有快有慢。就好像我们在外头吃中饭一样，在国内吃饭，是等的时候多，吃的时候少。而在外国是吃的时间长，等的时候少。外国旅游也是旅的时间少，游的时间多。我们现在呢？泰山装上缆车，一下子就到泰山顶上，那么还游什么？我们是登山惟恐不高，入山惟恐不深。你这个缆车一装以后，泰山就不高了，根本违反旅游原则。另一方面，人家一游就跑了，我们还有什么生意买卖可做呢？这叫愚蠢之极。日本的富士山是他们的国宝，他们就不造缆车。日本人到中国来做生意，要造缆车，他们门槛很精。如果我们在泰山装缆车就上当了，就得不偿失。你们造缆车，就等于从上海到北京，坐上飞机一下子就到了，还搞什么旅游？

中国园林，各园都有不同的特点，不同的指导思想。做事情没有一个指导思想，就不能将事办好。比如上海最近有股风，搞绿化都喜欢在围墙边种水杉。好啊！围墙是为了防盗，墙里种水杉正好方便了小偷。古园靠墙，只种芭蕉不种树，就是这个道理。所以中国造花园，首先要立意。

任何东西不立意不成。立意之后就要考虑如何得体。立意与得体两件事是联系起来的。造园也要讲究得体。大花园有大花园的样子,小花园有小花园的样子。苏州的狮子林,贝聿铭建筑大师去,他看了觉得不舒服,说这个花园是哪个修的?我说,你家的那个账房先生请来一些宁波匠人,宁波匠人造苏州花园,搞了一些大的亭子,大的桥,风格就不对,园林小而东西塞得多,这就不得体。苏州网师园有什么好?就是它得体,它园林小,亭子也造得小,廊子也造得小,看上去就很相称。现在有的男青年,穿得花枝招展,你讲他不好,他觉得蛮漂亮,你讲他好吧,实在不高明。齐白石老先生曾画过一只雄鸡,上面题了十个字:"羽毛自丰满,被人唤作鸡。"用来讽刺他们,讥笑得很得体。有些人盲目学外国人,男的留长发,也不得体。理得短一点英俊一些有什么不好呢?所以,处事要因事制宜。造园要因地制宜。

园林的立意,首先考虑一个"观"字。我曾经提出过"观",有静观,有动观。什么叫动观?动与静,是相对的,世界上没有相对论,便没有辩证法,就不成其为世界。怎样确定这个园子以静态为主呢?或者以动观为主呢?这和园林的大小有关系。小园以静观为主,动观为辅。大园以动观为主,静观为辅。这是辩证法,园林里面的辩证法最多。这样一来得到什么结论呢?小园不觉其小,大园不觉其大,小园不觉其狭,大园不觉其旷,所以动观、静观有其密切关系。我们现在的画,展览会里的大幅画,是动观的画。这种大画挂到书房里,那就不得体了,书房画要耐看,宜静观。

动观、静观这个原则要互相结合。要达到"奴役风月,左右游人"。什么叫"奴役风月"呢?就是我这个地方要它月亮来,就掘个水池,要它风来,就建个敞口的亭廊,这样风月就归我处置了。"左右游人",就是说设计好要他坐,他就坐,要他停就停,要他跑就跑。说句笑话:"叫他立正不稍息,叫他朝东不朝西,叫他吃干不吃稀。"这就涉及心理学,涉及到美学。要这样做,就要"引景"。杭州西湖,有两个塔,一个保俶塔在北山,一个雷峰塔在南山,后来雷峰塔塌了,所有的游人,全部往北部孤山、保俶(chù)塔去了。后来我提出,"雷峰塔圮后(即倒了),南山之景全虚",南山风景没有了。这就是说没有一座建筑去"引"他了。所以说西湖只有半个西湖。北面西湖有游人,南面西湖没有游人。我建议重建雷峰塔,以雷峰塔作引景,把人引过去。园林要有"引景"把他"引"过去。所以,山峰上造个亭子,游客就会往上爬。"引景"之外呢,还有"点景"。景一点,这样景就"显"了。所以,你看,西湖的北山,保俶塔一点从后,北山就"显"出来了。同样颐和园的佛香阁一点以后，万寿山也就"显"出来了。不懂得"引景"，不晓得"点景"，就不了解园林的画意。还有"借景"，什么叫"借景"呢？"借景"就是把园外的景，组合到园内来。你看颐和园，如果没有外面的玉泉山和西山，这个颐和园就不生色了。它一定要把园外的景物借进来，比方说，一座高房子，旁边隔壁有花园，透过窗户，人家的花园就同自己花园一样。如果隔壁是工厂，就觉得不舒服，所以我们现在要讲环境美，这也要"借景"。还有呢？是"对景"。使这个景同那个景相映成趣。比如说今天讲课，我同诸位的关系，就是对景关系。园林讲对景，处世讲态度，"态度"也是对景，现在外面有些"小师傅"，好像"还他少，欠他多"，对景真不舒服。

　　动观、静观、点景、引景、对景，总的还在于"因地制宜"。"因地制宜"也是个辩证法，就是根据客观的条件来巧妙安排，比如说：园林的凹地就因它的低，挖成池子，那面的高地，就再增加其高度堆积假山。这叫作因地制宜。我们造园，就要因地而造成"山麓园、平地园、市园、郊园"等……山麓建的园，就要按山麓的地形来造园。

　　陕西骊山有个华清池，是杨贵妃洗澡的地方，它应该按山麓园布置高低。可是搞设计的那位大先生，却是法国留学生，他把地全部铲平，用法国图案式的设计，这样就不妥当了。

所以说，"因地制宜"是相当重要的设计原则。造园先要懂得这许多原则，而这些原则在美学上是什么理论呢？我个人的看法，就是真，真就是美。不真不美，例如堆山，完全能表现出石纹石质，那才是美的。树木参差也是美。人也如此，讲真话是美，讲假话不美。矫揉造作，两面派，包括建筑上的虚假性装饰，如西郊公园的水泥熊猫，城隍庙池子里搞的水泥鱼，就不美！现在搞水印木刻，唐伯虎的画，齐白石的画，风格几乎一样，毛病就是不真，它不是作者自己的表现，而是雕刻人的手法。我们园林艺术要"虽由人作，宛自天开"。这就是"真"。外国有个建筑师说："最好的建筑是地上生出来的，而不是上面加上去的。"这句话还是深刻中肯的。最好的园林确定哪里造一个亭子，哪里造几间廊子，这应该是天配地适，就是说早已安排好了的。这就是好建筑。最近对大观园争论很多，我讲，你们不要上曹雪芹的当呀！曹雪芹已经讲了，大观园洋洋大观，是夸张之词，对不对？硬拿着曹雪芹《红楼梦》来设计大观园，一设计就要三百亩地呀！所以上次《红楼梦》大观园模型展览会上，我就这么讲："红楼一梦真中假，大观园虚假幻真，欲究当年曹氏笔，莫凭世上说纷纭。"这就是《红楼梦》中大观园真中有假，假中有真。这个花园，有花园之意，无花园之实，它是一个园林艺术的综合品。所以，以虚的东西去求实的，就没意思！园林上的许多问题，不提到美学高度来分析，只停留在一个形式，这就是形式主义。中国园林是有中国的美学思想、文学艺术的境界。这个学问是边缘科学，涉及比较多的方面。一般说，我们看花园凡是得体的，都是比较好的花园。凡是矫揉造作的，就不是好花园。归结来归结去，是一个境界的问题。

我讲园林有法，而没得式，到底法是什么呢？因地制宜，动观静观，借景对景，引景点景，还有什么对比、均衡等许多手法。这许多手法，怎么具体灵活来运用它，看来是简单，而实际并不简单，说它不简单又简单，这如做和尚一样，有的人终身做和尚，做了一辈子，还没有"悟"道，不是真和尚。这里面有境界高与境界低的问题，园林艺术，对于设计的人来说吧，是水平问题。计成讲过一句话："三分匠七分人"，这句话不得了呀！说这是污蔑劳动人民，造个花园主人倒七分，匠人只三分，你站在什么阶级立场上讲话。其实，不是这个意思。他是说七分主，是主其事者，我们说主其事，是负责设计的人。匠呢？是工作者。设计人境界高，花园好。一本戏的好坏关键在导演。诸位都是美学老师，都是灵魂工程师，将来全国美不美均寄托在诸位身上。我主张美学要同实际联系起来，不要停留在黑格尔等许多外国的名词上。现在提倡美育，这非常重要，要唤起民众哟!

中国园林艺术很巧妙,它运用了许多美学原理。就拿花木种植来讲,主要是求精,求精之外适当求多。有一次我在上海园林局作报告,对局里的一些书记、主任说,你们向上级汇报,光讲十万、五万株苗木,这不说明问题。你们连一株小冬青也算一棵,听听数目不得了,实际起不了作用。中国园林的植树,要求精不求多,先要讲姿态好,尤珍爱古树能入画,这才有艺术性,才能有提高。多而滥还不如少而精。中国人看花,看一朵两朵。外国人求多,要十朵几十朵。中国人看花重花品德,外国人重色,中国人重香,这种香也要含蓄。有香而无香,无香而有香,如兰花,香幽。外国人的玫瑰花,香得厉害,刺激性重,这也是不同的欣赏习惯。

园林中,美的亭、台、楼阁,可以入画,丑的也可以入画,如园林中的石峰,有清丑顽拙等各种姿态,经过设计者的精心安排,均可以入画,这里就有"丑""美"的辩证关系。所以说园林艺术与中国古代美学思想、哲学思想有着紧密联系。有人喜欢游新园,这也是不在行。从前扬州人骂盐商,骂得好:"入门但闻油漆香"——新房子;"箱中没有旧衣裳,堂上仕画时人古"——假古董。下面一句骂得凶,"坟上松柏三尺长"。我们现在有的花园"入园但闻油漆香,园中树木三尺长"。所以园林还要经过历史的经历。

它太新也不好，要"适得其中"，这个"中"，在中国美学中很重要。孔老二讲："无过不及"，不可做过头，要"得体"，"得体"者就是"中"。所以中国园林的好，求精不求滥。比如讲"小有亭台亦耐看"，"黄茅亭子小楼台，料理溪山却费才"。黄茅亭子，设计得好，也是精品，并不是所有亭子造得金碧辉煌，才是好。"小有亭台亦耐看"。着眼在个"耐"字。所以说要得体，恰如其分。

中国园林艺术是以少胜多。外国要几公顷造一花园，中国造园少而精。"少而精"，就是艺术的概括和提炼。中国古代写文章精炼，五言绝句中只二十个字，写得好。现在剧本中为什么一些对白这么长呀！他不是去从古代剧本中吸收精华，所以废话特别多。你去看《玉簪记》，"琴挑"的对白多么好，一个男的在弹琴，弹的是凤求凰。女的问他，"君方盛年，为何弹此无妻之曲？"回答是"小生实未有妻"，他马上坦白交代。女的接着说："这也不关我事。"好！这三句句子，调情说爱，统统有了。所以"精炼"这个手法是我们美学上、文艺理论上一个高度的手法。

园林中还有一个还我自然的问题。怎么叫"还我自然"，我们造花园，就要自然。自然是真，真就是美，我们欣赏风景区，就要欣赏它的自然。当然风景区并不是一个荒山，需要我们人工的点缀，这就涉及美学问题。什么样的风景区,就要加上什么样的建筑,当然包括点景、引景等这许多原则。搞得好,他是烘云托月,把自然的景色烘托得更美。我们要"相地",要"观势"。从前的风水先生,他也要"观",要"相"呢。你们知道,中国的名山大部分都有和尚庙,他也要"相地"也要"选址"。选地点,是有规律的,它是一个综合的研究。你看和尚庙,他选的地方一定有水,有日照,没有风,房子没有造,他先搭茅棚住在这里,住上一年之后,完全调查清楚之后才正式建造的。所以天下名山僧占多。他要生活,又要安静,他就要有一个很好的地点。所以选地非常重要,不但庙的选址,有名的陵墓的选址,也是这样。比如南京的明孝陵,风不管多么大,跑到明孝陵便没有风。了不起啊!跑到中山陵则性命交关,风大得不得了,明孝陵望出去,隔江就是对景,中山陵就没有对景。所以过去好的坟墓,比如北京的十三陵,群山完全是抱起来的,因此选址很重要。

我主张在风景区搞建筑物,要宜隐不宜显,宜低不宜高,宜麓不宜顶,宜散不宜聚。要谦虚点嘛,不要搞个大建筑,外国人来,喜欢住你这个高楼大厦么?风景区搞建筑,如果不谦虚,要突出你个人,必然走向反面,搬起石头砸自己的脚,给人家骂。所以风景区搞建筑,先把老的公认为优美的建筑修好,大的错误就不会犯。我在设计的问题上，常常提出要研究历史，要到现场去，不看现址不行。你到了那里以后非得两只脚东南西北走一走，才能了解现场。因此不能割断历史，我们搞美学也不能割断中国的美学历史。不懂中国历史，又不了解今天，你不做历史的研究，不做一个调查，那就要犯错误。拿外国的当成神仙，会出笑话。你不明白中国美学体系，不明白中国美学特征，不明白中国人的思想感情，你拿洋的一套来论证，怎么行？我们要立足于本国，以其他做旁证。他山之石，可以攻玉。我们有中国的美学体系，中国的思想体系，中国之所以不亡，也在于此。所以我提倡要读中国历史，要读中国地理。如果不读中国历史，不读中国地理，将来就有亡国灭种的危险。

中国园林，除了建筑、绿化之外，还同中国的画，同中国的诗结合得很紧。画是纸上的东西，诗是文字上的东西，园林是具体的东西。把中国人的感情在具体的东西上体现出来，这就是中国园林了不起的地方。中国园林有许多是真山的概括，真山的局部，真山的一角。从山的局部能想象出整体，由真实的东西概括出简单的东西，这叫作提炼概括。一株树只看到一枝不看到整体，一个亭子只看到一角不看到整体。所以有假山看脚、建筑看顶的说法。此外，还有虚景。虚景就是风花雪月，随时间的转移而景有不同。春有春景，夏有夏景。中国园林是春夏秋冬、晦明风雨都可以游。说来说去就是要从局部见整体。你想要无所不包，结果是一无所包，你越想全就越走向不全。搞中国园林就得懂得这个道理。

除了上面说的以外，园林还要借用其他文学，比如亭子的命题之类，来说明风景好坏。大明湖是"四面荷花三面柳，一城山色半城湖"。这两句题诗就点出了大明湖景致特点。所以园林的题词是点景。现在我真不懂，一个园林挂了很多画，比如上次我去苏州，一间外宾接待室挂了四件东西，一件是井冈山，一件南湖，一件延安，一件遵义。你这里是外宾招待所，还是革命纪念馆？还有苏州花园里挂桂林风景画，简直是笑话。园林里还要用什么风景画来烘托。中国园林是综合艺术，中国的园林是从中国文学、中国画中得来的。如果一个园林经不起想象，这个园林就不成功了。一个人到了花园里就会想入非非。想入非非好，应该允许人想入非非，如果不能想入非非，这个人就麻木不仁了。园林要使人觉得游一次不够以后还想来，这个园林就成功了。园林除了讲究一个树木姿态、假山层次、建筑高低之外，还讲究一个雅致问题。雅同审美有关系，同文化有关系。为什么青少年京戏、昆剧不爱看，因为我们的京戏、昆曲节奏慢，而青年人喜欢节奏强烈、刺激的，雅能养性,使人身处花园连烦恼都没有了。比如苏州网师园,我们游一次要半天,两个小青年五分钟就看完了。我有一次陪外宾,游了半天,他们越看越有味道。有许多东西他们不理解。你一讲他明白了,也觉得有味道了。真正对这个园林有所理解,才能把握美在哪里,这样导游人员才能像我们老师一样做到循循善诱。

一个园林有一个园林的特征,代表了设计者的思想感情,代表了他的思想境界。园林没有自己的特征,这个园林就搞不好。一所好的花园要用美学观点去苦心经营设计,这里构思很重要,它体现了人的思想感情、思想境界,对游人产生陶冶性情的作用。园林是一个提高文化的地方,陶冶性情的地方,而不是吃喝玩乐的地方。园林是一首活的诗,一幅活的画,是一个活的艺术作品。在杭州西湖,一些小青年穿个喇叭裤,戴副大墨镜爬到菩萨身上去拍照,真是不雅,配上菩萨那副光亮的面孔,有什么好看,这样还有什么资格去旅游。诸位是搞美学的,我不过是提供一些看法,供你们将来做文章,帮助呼吁呼吁。

"游"也是一种艺术,有人会游,有人不会游。我问一些人,你们到苏州,那里的园林好吗?他们说:差不多,倒是天平山爬爬,扎劲来,为什么叫拙政园,他连拙政园三个字都不知道,他不懂得游。游要有层次,比如进网师园,就要一道一道进去看,现在它开了后门,让游人从后门进出,就是不懂这个道理,因为他不了解园林以及古代生活情况、起居情况。

造园难,品园也难,品园之后才能知道它的好处在哪里,坏处在哪里。一九五八年,苏州修网师园,修好以后,邀我去,一看不行,有些东西搞错了,比如网师园有个简单的道理,这边假山,那边建筑;这边建筑,那边假山,它们位置是交叉的。现在西部修成这一边相对假山,那一边相对建筑,把原来的设计原则搞错了。园林上有许多原则,其实很简单,就是要处理好调配关系。所以能品园才能游园,能游园就能造园。现在造花园像卖拼盘,不像艺术建筑,这就是缺少文化,没有美学修养。

你们是搞美学的,要多写点评论文章,这有好处。比如我们看画,这幅是唐伯虎的,那幅是祝枝山的,要弄清它的"娘家"。任何东西都有个来龙去脉,有个根据。做学问要有所本,搞园林也要有所本。另外,我国古典园林是代表了它那个时代的面貌,时代的精神,时代的文化,这同美学的关系也很大。要全面研究园林艺术,美学工作者的责任也相当重。

> 1981年11月全国高校美学教师进修班讲演记录稿

中国诗文与中国园林艺术

中国园林,名之为"文人园",它是饶有书卷气的园林艺术。前年建成的北京香山饭店,是贝聿铭先生的匠心,因为建筑与园林结合得好,人们称之为"有书卷气的高雅建筑",我则首先誉之为"雅洁明净,得清新之致",两者意思是相同的。足证历代谈中国园林总离不了中国诗文。而画呢?也是以南宗的文人画为蓝本,所谓"诗中有画,画中有诗",归根到底脱不开诗文一事。这就是中国造园的主导思想。

南北朝以后,士大夫寄情山水,啸傲烟霞,避嚣烦,寄情赏,既见之于行动,又出之以诗文,园林之筑,应时而生,继以隋唐、两宋、元,直至明清,皆一脉相承。白居易之筑堂庐山,名文传诵,李格非之记洛阳名园,华藻吐纳,故园之筑出于文思,园之存,赖文以传,相辅相成,互为促进,园实文,文实园,两者无二致也。

造园看主人,即园林水平高低,反映了园主之文化水平，自来文人画家颇多名园，因立意构思出于诗文。除了园主本身之外，造园必有清客，所谓清客，其类不一，有文人、画家、笛师、曲师、山师等等，他们相互讨论，相机献谋，为主人共商造园。不但如此，在建成以后，文酒之会，畅聚名流，赋诗品园，还有所拆改。明末张南垣，为王时敏造"乐郊园"，改作者再四，于此可得名园之成，非成于一次也。尤其在晚明更为突出，我曾经说过那时的诗文、书画、戏曲，同是一种思想感情，用不同形式表现而已，思想感情指的主导是什么？一般是指士大夫思想，而士大夫可说皆为文人，敏诗善文，擅画能歌，其所造园无不出之同一意识，以雅为其主要表现手法了。园寓诗文，复再藻饰，有额有联，配以园记题咏，园与诗文合二为一。所以每当人进入中国园林，便有诗情画意之感，如果游者文化修养高，必然能吟出几句好诗来，画家也能画上几笔晚明清逸之笔的园景来。这些我想是每一个游者所必然产生的情景，而其产生之由就是这个道理。

汤显祖所为《牡丹亭》，而"游园""拾画"诸折，不仅是戏曲，而且是园林文学，又是教人怎样领会中国园林的精神实质，"遍青山啼红了杜鹃，那荼蘼外烟丝醉软"，"朝日暮卷，云霞翠轩，雨丝风片，烟波画船"。其兴游移情之处真曲尽其妙。是情钟于园，而园必写情也，文以情生，园固相同也。

清代钱泳在《履园丛话》中说："造园如作诗文，必使曲折有法，前后呼应，最忌堆砌，最忌错杂，方称佳构。"一言道破，造园与作诗文无异，从诗文中可悟造园法，而园林又能兴游以成诗文。诗文与造园同样要通过构思，所以我说造园一名构园。这其中还是要能表达意境。中国美学，首重意境，同一意境可以不同形式之艺术手法出之。诗有诗境，词有词境，曲有曲境，画有画境，音乐有音乐境，而造园之高明者，运文学绘画音乐诸境，能以山水花木，池馆亭台组合出之，人临其境，有诗有画，各臻其妙，故"虽由人作，宛自天开"，中国园林，能在世界上独树一帜者，实以诗文造园也。

诗文言空灵，造园忌堆砌，故"叶上初阳干宿雨，水面清圆，一一风荷举"。言园景虚胜实，论文学亦极尽空灵。中国园林能于有形之景兴无限之情，反过来又产生不尽之景，觥筹交错，迷离难分，情景交融的中国造园手法。《文心雕龙》所谓"为情而造文"，我说为情而造景。情能生文，亦能生景，其源一也。

诗文兴情以造园，园成则必有书斋，吟馆，名为园林，实作读书吟赏挥毫之所，故苏州网师园有看松读画轩，留园有汲古得绠处，绍兴有青藤书屋等，此有名可徵者，还有额虽未名，但实际功能与有额者相同，所以园林雅集文酒之会，成为中国游园的一种特殊方式。历史上的清代北京怡园与南京随园的雅集盛况后人传为佳话，留下了不少名篇。至于游者漫兴之作，那真太多了。随园以投赠之诗，张贴而成诗廊。

读晚明文学小品，宛如游园，而且有许多文字真不啻造园法也，这些文人往往家有名园，或参与园事，所以从明中叶后直到清初，在这段时间中，文人园可说是最发达，水平也高，名家辈出。计成《园冶》，总结反映了这时期的造园思想与造园法，而文则以典雅骈俪出之，我怀疑其书必经文人润色过，所以非仅仅匠家之书。继起者李渔《一家言居室器玩部》，亦典雅行文，李本文学戏曲家也。文震亨《长物志》更不用说了，文家是以书画诗文传世的，且家有名园，苏州艺圃至今犹存。至于园林记必出文人之手，抒景绘情，增色泉石。而园中匾额起点景作用，几尽人皆知的了。

中国园林必置顾曲之处，临水池馆则为其地，苏州拙政园卅六鸳鸯馆、网师园濯缨水阁尽人皆知者，当时俞振飞先生与其尊人粟庐老人客张氏补园（补园为今拙政园西部），与吴中曲友，顾曲于此，小演于此，曲与园境合而情契，故俞先生之戏具书卷气，其功力实得之文学与园林深也。其尊人墨迹属题于我，知我解意也。

造园言"得体"，此二字得假借于文学，文贵有体，园亦如是。"得体"二字，行文与构园消息相通，因此我曾以宋词喻苏州诸园：网师园如晏小山词，清新不落套；留园如吴梦窗词，七宝楼台，拆下不成片段；而拙政园中部，空灵处如闲云野鹤去来无踪，则姜白石之流了；沧浪亭有若宋诗；怡园仿佛清词，皆能从其境界中揣摩得之。设造园者无诗文基础，则人之灵感又自何来。文体不能混杂，诗词歌赋各据不同情感而成之，决不能以小令引慢为长歌，何种感情，何种内容，成何种文体，皆有其独立性。故郊园、市园、平地园、小麓园，各有其体，亭台楼阁，安排布局，皆须恰如其分，能做到这一点，起码如做文章一样，不讥为"不成体统"了。

总之，中国园林与中国文学，盘根错节，难分难离，我认为研究中国园林，似应先从中国诗文入手，则必求其本，先究其源，然后有许多问题可迎刃而解，如果就园论园，则所解不深。姑提这样肤浅的看法，希望海内外专家将有所指正与教我也。

园林与山水画

清初画家恽南田（寿平）曾经说过："元人园亭小景，只用树石坡池，随意点置，以亭台篱径，映带曲折，天趣萧闲，使人游赏无尽。"这几句话可供研究元代园林的重要参证。所以，不知中国画理画论，难以言中国园林。我国园林自元代以后，它与画家的关系，几乎不可分割，倪云林（瓒）的清秘阁便是饶有山石之胜，石涛所为的扬州片石山房，至今犹在人间。著名的造园家，几乎皆工绘事，而画名却被园林之名所掩为多。

我国的绘画从元代以后，以写意多于写实，以抽象概括出之，重意境与情趣，移天缩地，正我国造园所必备者。言意境，讲韵味，表高洁之情操，求弦外之音韵，两者二而一也。此即我国造园特征所在。简言之，画中寓诗情，园林参画意，诗情画意遂为中国园林之主导思想。

画究经营位置，造园言布局，叠山求义理，画石讲皴法。山水画重脉络气势，园林尤重此端，前者坐观，后者

陈从周的山水画

入游。所谓立体画本，而晦明风雨，四时朝夕，其变化之多，更多于画本。至范山模水，各有所自。苏州环秀山庄假山，其笔意兼宋元诸家之长，变化之多，丘壑之妙，足称叠山典范，我曾誉为如诗中之李杜。而诸时代叠山之嬗变，亦如画之风格紧密相关。清乾隆时假山之硕秀，一如当时之画，而同光间之碎弱，又复一如画风，故不究一时代之画，难言同时期之假山也。

石有品种不同，文理随之而异，画之皴法亦各臻其妙，石涛所谓"峰与皴合，皴自峰生"。无皴难以画石。盖皴法有别，画派遂之而异。故能者决不能以湖石写倪云林之竹石小品，用黄石叠黄鹤山樵之峰峦。因石与画家所运用之皴法有殊。如不明画派与画家所用表现手法，从未见有佳构。学养之功，促使其运石如用笔，腕底丘壑出现纸上。画家从真山而创造出各画派画法，而叠山家又用画家之法而再现山水。当然亦有许多假山直接摹拟于真山，然不参画理概括提高，皴法巧运，达文理之统一，必如写实模型，美丑互现，无画意可言矣。

中国园林花木，重姿态，色彩高低配置悉符画本。"枯藤老树昏鸦，小桥流水人家"。文学家、园林家、画家皆欣赏它，因有共同所追求之美的目标，而其组合方法，亦同画本所示者。画以纸为底。中国园林以素壁为背景，粉墙花影，宛若图画。故叠山家张涟能"以意创为假山，以营丘、北苑、大痴、黄鹤画法为之，峰壑湍濑，曲折平远，经营惨淡，巧夺画工"。已足够说明问题了。

1982年1月

园林美与昆曲美

正是江南大伏天气，院子里的鸣蝉从早叫到晚，邻居的录音机又是各逞其威。虽然小斋中的这盆建兰开得那么馥郁，然而"树欲静而风不止"。在无可奈何的情况下，我也只好"以毒攻毒"，开起了我们这些所谓"顽固分子"充满了"士大夫情趣"者所乐爱的昆曲来。"袅情丝，吹来闲庭院，摇漾春如线"。"朝飞暮卷，云霞翠轩"。"雨丝风片，烟波画船"。（《牡丹亭·游园》）悠扬的音节，美丽的辞藻，慢慢地从昆曲美引入了园林美，难得浮生半日闲，我也能自寻其乐，陶醉在我闲适的境界里。

我国园林，从明、清后发展到了成熟的阶段，尤其自明中叶后，昆曲盛行于江南，园与曲起了不可分割的关系。不但曲名与园林有关，而曲境与园林更互相依存，有时几乎曲境就是园境，而园境又同曲境。文学艺术的意境与园林是一致的，所谓不同形式表现而已。清代的戏曲家李渔又是个园林家。过去士大夫造园必须先建造花厅，而花厅又多以临水为多，或者再添水阁。花厅、水阁都是兼作顾曲之所，如苏州怡园藕香榭、网师园濯缨水阁等，水殿风来，余音绕梁，隔院笙歌，侧耳倾听，此情此景，确令人向往，勾起我的回忆。虽在溽暑，人们于绿云摇曳的荷花厅前，兴来一曲清歌，真有人间天上之感。当年俞平伯老先生们在清华大学工字门水边的曲会，至今还传为美谈，那时，朱自清先生亦在清华任教，他俩不少的文学作品，多少与此有关。

苏州拙政园的西部，过去名补园，有一座名"三十六鸳鸯馆"的花厅，它的结构，其顶是用"卷棚顶"，这种巧妙的形式，不但美观，可以看不到上面的屋架，而且对音响效果很好。原来主人张履谦先生，他既与画家顾若波等同布置"补园"，复酷嗜昆曲。俞振飞同志与其父亲粟庐先生皆客其家。俞先生的童年是成长在这园中。我每与俞先生谈及此事，他还娓娓地为我话说当年。

中国过去的园林，与当时人们的生活感情分不开，昆曲便是充实了园林内容的组成部分。在形的美之外，还有声的美，载歌载舞，因此在整个情趣上必须是一致的。从前拍摄"苏州园林"，及前年美国来拍摄"苏州"电影，我都建议配以昆曲音乐而成功的。昆曲的所谓"水磨调"，是那么的经过推敲，身段是那么细腻，咬字是那么准确，文辞是那么美丽,音节是那么抑扬,宜于小型的会唱与演出,因此园林中的厅榭、水阁,都是最好的表演场所,它不必如草台戏的那样用高腔,重以婉约含蓄移人,亦正如园林结构一样,"少而精","以少胜多",耐人寻味。《牡丹亭·游园》唱词的"观之不足由他遣"。"观之不足",就是中国园林精神所在,要含蓄不尽。如今国外自从"明轩"建成后,掀起了中国园林热,我想很可能昆曲热,不久也便会到来的。

昆曲之美,不仅仅在表演艺术,其文学、音韵、音乐,乃至一板一眼,皆经过了几百年的琢磨,确是我国文化的宝库。我记得在"文化革命"前,上海戏曲学校昆曲班,邀我去讲中国园林,有些人看来似乎是"笑话",实则当时俞振飞校长真是有见地,演"游园""惊梦"的演员,如果他脑子中有了中国园林的境界,那他的一举一动,便不是无本之木,无源之水了,演来有感情,有生命,有声有色。梅兰芳、俞振飞诸老一辈的表演家,其能成一代宗师者,皆得之于戏剧之外的大量修养。我们有些人今天游园林,往往仅知吃喝玩乐,不解意境之美,似乎太可惜一点吧!

中国园林,以"雅"为主,"典雅""雅趣""雅致""雅淡""雅健"等等,莫不突出以"雅"。而昆曲之高者,所谓必具书卷气,其本质一也,就是说,都要有文化,将文化具体表现在作品上。中国园林,有高低起伏,有藏有隐,有动观、静观,有节奏,宜细赏,人游其间的那种悠闲情绪,是一首诗,一幅画,而不是匆匆而来,匆匆而去,走马看花,到此一游,而是宜坐,宜行,宜看,宜想。而昆曲呢,亦正为此,一唱三叹,曲终而味未尽,它不是那种"崩擦擦",而是十分婉转的节奏,今日有许多青年不爱看昆曲,原因是多方面的,我看是一方面文化水平差了,领会不够;另一方面,那悠然多韵味的音节适应不了"崩擦擦"的急躁情绪,当然曲高和寡了。这不是昆曲本身不美,而正仿佛有些小朋友不爱吃橄榄一样,不知其味。我们有责任来提高他们,而不是降格迁就,要多作美学教育才是。

我们研究美学,要善于分析,要留心眼前复杂的事物,要深究其内在的关系。审美观点,有其阶级局限性,但我们要去研究它,寻其产生根源因素,找它在美上的表现,取其长而摒其短,囫囵吞枣,徒然停留在名词概念上,是缘木求鱼。我们历史中有许多在美学研究上,要我们努力去寻求的,今天随便拉了这个题目,说来也不够透彻,如是而已。我们要实事求是,以历史唯物主义观点,辩证地去解释它,要尊重自己的民族,自己的历史,自己的文化。多做一些大家容易接受的美学知识,想来同志们是必然同意的吧!

　　写到此,那"粉墙花影自重重,帘卷残荷水殿风",《玉簪记·琴挑》的清新辞句,又依稀在我耳边,天虽仍是那么热,但在我的感觉上又出现了如画的园林。

1981年大伏

梓室谈美

郁达夫在《日本的文化生活》中写道："日本人的庭园建筑，佛舍，浮屠，又是一种精致简洁，能在单纯里装点出趣味来的妙艺。甚至家家户户的厕所旁边，都能装置出一方池水，几树楠木，洗涤得窗明宇洁，使你闻觉不到秽浊的熏蒸。"作者为文学家，但寥寥数语真建筑行家之谈。"单纯里装点出趣味来的妙艺"，道出日本建筑的精神。

唐人张泌寄人诗："别梦依依到谢家，小廊回合曲阑斜。多情只有春庭月，犹为离人照落花。"此真写庭园建筑之美，回合曲廊，高下阑干，掩映于花木之间，宛若现于目前。而着一"斜"字又与下句"春庭月"相呼应。不但写出实物之美，而更点出光影之变幻。就描绘建筑言之，亦妙笔也。余集宋词有："庭户无人月上阶，满地阑干影。"（见拙编《苏州园林》）视张泌句自有轩轾，一显一隐，一蕴藉一率直，而写庭园之景则用意差堪似之。

清人江湜诗："秀难掩弱怜玄宰（董其昌），熟始呈能陋子昂（赵孟頫）。"评董、赵两家之书法真入骨三分。"秀难掩弱"四字真堪玩味。书画忌"俗、熟、浊"，难于"清、新、静"，而"重、拙、大"，则最为上乘矣。

恽寿平云："山从笔转，水向墨流。"此谓画山水画之高超纯熟境界。又云："董宗伯（其昌）云，画石之法曰瘦、透、漏，看石亦然，即以玩石法画石乃得之。"余谓园林选石叠石亦然，其理一也。余曾云，书画石刻，能做到"用笔如用刀，用刀如用笔"，"软毫写硬字，坚毫写软字"，则能转刚为柔，化柔为刚，以事物之转化，达运力之能事，产生更好之效果与美感。

恽寿平云："青绿重色，为浓厚易，为浅淡难。为浅淡易而愈见浓厚为尤难。"恽氏此论极精，所谓实处求虚，虚处得实。淡而不薄，厚而不滞，是种境地，诚从千百次实践中得之。余云作淡青绿山水，必先从浅绛山水中求之，浅绛山水又从墨笔山水中得之。盖色者敷也，副也。接气之用耳，画之精神全在笔墨中。所谓"真"才是美。

俞樾在清光绪初建苏州曲园（今半废，叶圣陶、顾颉刚、俞平伯诸先生建议重修），因地形为曲形，与篆文 ᗩ（曲）字相似，故名"曲园"。其中凿一凹形之小池，又与篆文 ᗩ（曲）字相似。命其亭为"曲水亭"。此用中国文字形式之美，作为设计之主导思想而构思成园者。俞平伯先生为曲园老人（俞樾）曾孙，久居北京，念故园，嘱余写曲园芙蓉折枝。赋诗为报："丹青为写故园花，风露愁心恰似他；闻道曲园眢井矣，一枝留梦到天涯。"真红学家之笔也。

恽寿平云："元人园亭小景，只用树石坡池随意点置以亭台篱径，映带曲折，天趣萧闲，使人游赏无尽。"此数语可供研究元代园林布局之旁证。故余曾云，不知中国画理，无以言中国园林。

沈括《梦溪笔谈》："画牛虎皆画毛，惟马不画毛。"是论极有见地，余谓马之佳者，其毛细而贴身，望之光润，设一添毫便无骏气。尝见唐宋人画仕女发，乌黑平涂，望之如生。而神仙少须必笔笔画出。盖密浓者不能以碎笔为之。疏稀者必以繁笔达之，繁以简来概括，简以繁来表达，在艺术处理中，很多存在此理。

"凡观名迹先论神气，以神气辨时代，寓源流，考先后，始能画一而无失矣。"此恽寿平论鉴赏古画之法，实则品题任何艺术品皆然。所谓气者，为物之概括全面反映，所谓从整体来观察事物。人们常言，"一见钟情"，辛弃疾词中之"乐莫乐新相识"，在着眼于第一面之最好印象。世间最美者亦在于此一瞬间。而《西厢记》所说："怎当他临去秋波那一转。"则又是在相反的情况下出之。其隽永印象一也。

挑灯偶读,掇拾一二,聊供夜谈而已。

1980年春写

蕉叶钟情

"红了樱桃,绿了芭蕉。"文学家运用了红绿的对比,描绘了初夏景色,是够美丽的了,成为千古名句。但是"霜叶红于二月花",秋蕉还比春蕉更葱翠,秋来的景色,比春日还要明洁雅静。窗前的两棵芭蕉,这几天实在太诱人了,蕉叶绿得仿佛上过油彩,秋阳下照得有些透明感。片片舒卷得那么从容自在,因为无风无雨,每张叶子可说是与中秋月亮一样完整无缺。古代秋装仕女图名画家改七芗、费晓楼等就是用蕉叶衬托倩容的,用笔轻盈自然,敷色往往在汁绿上略施淡石绿,实在太娇艳欲滴,但色泽却没有一点脂粉气,清新极了。这几天我对秋蕉频频顾盼,沉醉在绿波中。

人们对艳丽富贵的色泽花朵,以及其他的东西,总是喜爱的人多,而对一种单纯的美,往往是曲高和寡,这也难怪,对美的欣赏总是由低级发展到高级,由绚烂归于平淡,由显露渐入含蓄,这几乎是一种规律。而且"淡是无涯色有涯"，庭园中长期能给人受之不尽的还是绿色，它比较恒久，"养花一年，看花十日"，世界上没有不谢之花，惟此绿意，可作长伴了。我在树叶欣赏上，学到了做人的哲理。

芭蕉在南方几乎四季常青，栽植容易，山隈水际，阶前墙阴，处处皆宜，覆盖面积大，吸收热量大，叶子湿度大，因此蕉阴之下，是最美丽的小坐闲谈之处。古人在廊子或书房边种上芭蕉，称为蕉廊、蕉房，饶有诗意，在它的旁边配上几竿竹，点上一块石，真像一幅元人的小景。小雨乍至，点滴醒人，斜阳初过，青翠照眼，在夏日是清凉世界，在秋天是分绿上窗，至于雨打芭蕉、雪压残叶，那更是诗人画家所向往的了。

我们园林工作者，对绿化一事，有近期与远期两项打算，是要相互结合的，只放眼远期，待大树成长，不知是何年何月，要解决目前绿带，那必须依靠那成长发育快的植物品种。在江南造园中成效最速的要推竹子、芭蕉与书带草了，这三种植物是雅品，非俗类，皆能入画、进诗，可说是快速造园的特效品，小园称意，大园亦宜，"见缝插绿"，随意安排，自成情趣，从经济投资来讲，也是价廉物美的。我们的祖先，在净化空气、点缀景物上，总是从实际出发，而达到美的境界。我希望如今大力开展绿化

陈从周画蕉叶

与园林建设的时候，这种先例还是值得推广的。

不过还要指出，蕉宜墙阴，切莫当风，用以保护它的叶子不因风而吹裂。竹宜粉壁，横斜素影，宛如画幅。而书带草则起补白作用，无处不宜，这些绿的资源，实在太普遍了。

到中秋节了，月华如水，银色的光照着蕉叶，发出了神秘的幻觉，信步归来，时已三更，匆匆写了我的即景，来报答我对蕉叶的钟情。

梳典拾史

朱元璋之像

关于明太祖朱元璋之像，近人有所论述，以为丑像非真实面目。谈迁孺木《枣林杂俎智集》"疑像"一节云："太祖好微行察外事，微行恐人识其貌，所赐诸王侯御容一，盖疑像也。真幅藏之太庙。"可资参证。"郊灯"条："南郊灯杆，有十二丈有奇，灯笼大丈余，容四人剪烛，郊之夕，洪武门、皇城各灯如之。"此明初南京灯况，"沈万三"条："南京会同馆，富人沈万三（秀）故居也。馆圮，遗础尚存。人疑其有藏金，颇坎掘。翰林院四书椟，各高丈许；工部节慎库四铜椟，高可过人。国子监四铜缸，光禄寺铁木酒榨，每榨用酒米二十石。俱其物。"明代家具今遗者中叶后较多，此犹明初也。而酒榨一端，似值注意，盖明初手工业酿造资料。

袁枚与龚自珍旧居

清代杭之文人学者，其居处相邻者，当为袁枚子才与龚自珍定庵。袁宅在葵巷，巷东西向，其旁马坡巷，巷南北向，龚宅在焉。今两宅俱不存，袁、龚诗集中皆有记及。予少时读书石牌楼，校北为葵巷，校东为马坡巷，但里人皆不知有袁、龚二人矣。尝闻邵裴子翁云，渠少时在葵巷与小粉墙转角曾见袁氏界石。邵翁晚岁居马市街许周生故宅鉴止水斋（此屋许售与一旗人，后归高时丰鱼占，高善画松，工书法），固一名园，园毁，居其对门一小屋，主浙江文管会多年。

杭城金衙庄有皋园，钱泳《履园丛话》备赞之，而终未得一游为憾。园明构，钱氏言之甚详。少时读书东城曾往游，其假山于土陂上点黄石，石间樟木荫天，亦浙中园林一特色。有水自城河入，盖园紧倚东城壁也。有池殊清洌，旁有沧浪书屋一石额，隶书横写，吴梅村笔也。建筑物以辛亥后久作交涉使及盐运使署，更改伧俗矣。而水石清华至今犹时绕梦寐。今其假山尚存一段于街心中。

龚定庵《己亥杂诗·吊从兄竹楼》："与吾同祖砚北者（原注：先曾祖晚号砚北老人），仁愿如兄壮岁亡；从此与谁谈古处，马婆巷外立斜阳。"注云："按杭州东城马婆巷宅，为匏伯先生（定庵祖）所置，竹楼盖亦同居于此。"后归他姓。袁枚（子才）《小仓山房诗》卷十二《过葵巷旧宅》："久将桑梓当龙荒，旧宅重过感倍长。梦里烟波垂钓处，儿时灯火读书堂。难忘弟妹同嬉戏，欲问邻翁半死亡。三十三年多少事，几间茅屋自斜阳。"又卷二十二《过葵巷旧宅有序》："余七岁迁居葵巷，十七岁而又迁居，以故孩提嬉游处，唯此屋记之最真。四十年来，每还故乡过门留恋，今乃得叩阍直入。"诗云："儿时老屋喜重经，邻叟都疑客姓丁。学舍窗犹开北面，桂花枝已过西厅。惊窥日影先生至，高诵书声阿母听。此景思量非隔世，白头争禁泪飘零。"又卷二十八《余生东园大树巷中，周晬迁居，今六十五年矣，重过其地》诗云："六十衰翁此处生，重来屋宇变柴荆。想同买德寻邻叟，谁复婆留唤乳名。蓬矢挂时桑已尽，儿裾湔处水犹清。斜阳影里千回步，老泪淋浪独自倾。"

袁枚原籍慈溪（今余姚慈城镇），《诗集》卷三十六《再送香亭之广东》诗注："祠堂在慈溪祝家渡，余入翰林匾曰清华世胄,弟成进士匾曰兄弟甲科。"又《诗集》卷三十六《到西湖住七日,即渡江游四明山赴克太守之招》诗云:"路过慈溪水竹村,祠堂一拜最消魂。"注云:"五代祖察院槐眉公有祠堂,余入翰林,香亭成进士,匾额俱存,八十年来从未一到。

张之洞轶事

郑逸梅著《淞云闲话》,有载清张之洞轶事一则,谓:"子入日本士官学校,毕业后,回至武昌,在督署前堕马殒命。死后杀马以殉。文襄曾为联挽之。香涛虽多姬妾,然皆不育。"案许同莘编《张文襄公年谱》光绪二十七年条:"是月(11月)孙厚琨卒(游学日本,在学习院肄业。上年秋,避人言,令归。是年八月,赴日本观操,归至武昌,乘马入武昌门,马惊而堕,越日卒)。"则郑记失实矣。又香涛(之洞)侧室李、钟皆生子女。子仁侃(49岁生),女仁会(52岁生),李出。幼子仁乐,则系张晚年六十二岁时钟出,俱见年谱。许同莘久客张幕,是谱极详实有据。笔记之学,有史实可核者必稽查之,此治学之谨严态度也。

南京太平天国西花园,后为两江总督署,今园犹为南京名园。张之洞于清光绪二十一年任两江总督,其子仁濒卒于江宁督署,系夜半经园池,堕水而卒。仁濒娶吴大澂女,始于上年十月十二日婚于武昌。

张之洞家为河北南皮大官僚大地主,即义庄之田一项而论计一千三百四十五亩(张之洞新置),费银一万七百七十五两。之洞所办学校义田十七顷有余,费银一万二千两并赐金所购。粮价以道光十二年论,粳米每石一千七百文,麦每石一千五百文。其时为光绪中叶,价值相距亦非太大,其豪夺可见矣。其他之土地尚不在内。

绍兴秋瑾的老家

"一种春情忘不得,长安放学夜归时。"五十多年前,童年的回忆,不意在这初冬的一次绍游中,油然而生了,往事历历,又迫眼前。逝水年华,随着岁月的流转,若隐若现,有时在某种触动时,忽然显现了出来。童年是梦中的真,是真中的梦,是难忘的。

小时候,每当放学回家,母亲总喜欢讲些故事之类的东西给我听。她不止一次地说秋瑾烈士的身世。我家本越人,当然绍兴老家的传说更来得多,何况母亲又与她同岁(1878年生,肖虎),提到时总说今年该几岁了,说她死得惨。在我童年的脑海中留下了不可磨灭的印象。后来在中学校念书,正值《东南日报》连续刊秋瑾烈士的弟弟秋宗章先生写的烈士家传《六六私乘》(秋瑾烈士殉难于阴历六月六日),那是每日必读之课,进而读了她的遗集,使我详细了解了秋瑾烈士的一生。每当秋雨潺潺的天气,不免要吟起那"秋风秋雨愁煞人"的名句,觉得它比李清照所写"帘卷西风,人比黄花瘦"更加惨切感人。

去秋到绍兴住在秋瑾故居附近,经常要景仰那个地方。余晖西沉,缓步回旅所,心中总勾起无限的思绪。这次到绍兴,正碰上电影制片厂在拍摄秋瑾烈士的故事片,原来住过的招待所为演员们住满了。我就栖身于轩亭口旁的一家旅馆中,每天三餐在外"打游击",一天要经过三次秋瑾烈士的殉难地——轩亭口里建有纪念亭,我面对着这座被凿去了蔡元培先生所撰碑记的"赤膊亭",总是慢慢举步,回首再三,黯然者久之。轩亭口直对的那条路,正是通到绍兴府衙门的大道,当时秋瑾烈士就是从绍兴府受审后,绑到轩亭口就义的。鲁迅先生所写的小说《药》就是以此为主题。我曾在这条路上来往了几趟,我想象当年她最后经过的那个光景,再去了她从事革命活动的大通学堂看了残迹。从过去知道的史料,参证了今日所见的史迹。先哲往矣,遗教犹存,使我更加加深理解到,历史文物所起的教育作用,真是无可估量,我们决不可等闲视之。

大家都知道绍兴城内塔山下的和畅堂是秋瑾故居,然而她真正的老家却在漓渚的峡山村上。我游罢兰亭(其实是为了部署曲水修复事而去,一带两便)徒步前往该村。峡山这地名的由来,可能因为这村位于两山之间,所以风景很好,霜叶如醉,翠竹满山,清流急湍,随步前行,到村上,三步一桥,五步一湾,数声柔橹,宛同轻奏,不愧是一座富有诗情画意的山水结合的村居。这村还保存了原来风貌,除了秋瑾老宅地的建筑外,尚有明代何姓尚书第、都督府各一处。传说这里出过四个尚书和一个都督,因此沿河有严整的石驳岸,宽畅的码头。村旁正在修建一座小学。当我们参观时,那个小学负责人扬言要拆去都督府的明代厅,用材料来造教室,惊闻之下,觉得一个有文化的教育工作者,连这点起码的文物知识也没有,着实令人不解。尚书府今留厅屋,三明四暗的七间大厅,三开间的后厅以及边屋等。大厅、内厅乃是明代中叶建筑。都督府的那座五开间的大厅系晚明建筑,材料极工整,很有代表性。门前的回舟码头,在今日绍兴亦少见了。从都督府西望,村的尽头临河有二层门楼一座,粉墙椟窗,倒影非常清澈。沿着河岸进入门楼,南向入门有一甬道,东西相向对开墙门,浙中呼为"和合墙门"。其内南向皆有厅事。再向北行,朝东有一门,门内就是秋瑾老宅,正对有平屋三间,天井旁通月门,月门内南向亦平屋三间带厢,那是正房了,西首一间就是秋瑾烈士曾居住过的。月门下有山茶老干一本,阅世百年了,秋瑾烈士当年曾在这山茶花下休憩小坐。后来秋瑾烈士的庶母生前住在这里,她们年龄相若,庶母一直活到解放后。再后来这屋子易了姓,逐渐成为大杂院,山茶也砍去了一大枝，树犹如此，人何以堪，面对着这个残败的小院，不觉使我发出了极大的呼吁声，围观的群众也为我所感动。当然保护与维修之力，有待于主管文物部门之重视啊！

我在悄悄地离开这里时，一路在想，绍兴的秋瑾故居开放了。这里是她的老家，亦应留作纪念，尤其这一座具有强烈特色的水乡村居，景物宜人，又有文物古建，有条件作为游览之区，因为距兰亭近，可以游了兰亭时再来这个新辟的风景点，是一举两得之事，那又有何不可呢？我不希望以文物与风景区为主的"无烟工厂"，被有烟工厂所毁灭，要从"文化"二字上用功夫。在搞四个现代化的同时，文化的保存，亦是现代化中不可缺少的重要项目，想来大家必定同意这个看法。

一九八〇年冬

叶恭绰与网师园

一九五六年冬,予编《苏州园林》出版,叶丈遐翁(恭绰)谓是填词好题材。后越数载有《满庭芳》一阕题网师园。赠予则云:

从周陈君,博学能文,近方编志吴门园林,极模水范山,征文考献之功。记洛阳之名园,录扬州之画舫,不图耄耋见此异书,顾念燕去梁空,花飞春尽,旧巢何在?三径都荒。追维前尘,顿同隔世。适承以佳楮属书,录杜诗以应,亦聊写梦痕而已。遐翁叶恭绰(时年七十又六)。

时一九五七年四月,《遐庵谈艺录·题凤池精舍图》云:

此图为湖帆杰作,故七年前来京曾征求题咏,然事如春梦,不复留痕,今春刘士能、陈从周二君北来,述及吴下各园各情况,云凤池精舍已大异旧观,亭榭无存,花木伐尽，池湮径没，已成废墟，只嵌壁界石犹在，今闻之怃然，盖兴废本属恒情，况早经易主。唯造园艺术本吾国优良传统之一，且群众游赏亦文化福利之所需，今吴门百废渐兴，余终望各名园之能保其佳构也。又徐电发故居假山，在吴门升平桥街十四号，传出名工戈裕良之手，结构极有匠心，而知者不多，余告之刘、陈二君，必图保存，度二君必能有所规划也。附志于此，以念后来，退翁再志（时年七十有六）。

遐丈客吴门，初居网师园东部，与张师大千分赁于张锡銮（字金波）后人者，后拟购升平桥徐氏故园，以旁建一洋楼未果。遂置西美巷汪甘卿宅，复营修小园，尤以梅花盆栽为盛。抗日战争开始，遐丈南行，其姬人自离，并售其所留各物。故"燕去梁空，花飞春尽"句盖有所指也。是宅西门南向，有厅事二，东则为园，余数临其地，为丈摄影若干。

八十四岁时复赠予一联："洛阳名园，扬州画舫；武林遗事，日下旧闻。"谓颇肖我也。其京寓在灯草胡同，小院一角，书斋悬毛主席亲笔手书《沁园春》词，写赠遐庵者。上款为誉虎先生正拍，誉虎为遐丈之字。曩岁沪寓在建国西路懿园，清词之辑，即在是处。时四十年代初。

殁葬南京中山陵仰止亭，亭遐丈所捐建。遐翁清光绪七年（1881）十月初三辰时生于北京米市胡同。遐庵丈侄子刚兄函告："家叔遐公于一九六八年八月十四日去世，经茅以升申请国务院批准，遵遗嘱将其骨灰葬南京中山陵仰止亭（此亭系遐生前献筑）。当时因刚被管制，不许奔丧，只得由国务院派秘书二人奉葬，在林彪、'四人帮'猖狂时，闻尚要拔其坟，暴其骨，幸宋庆龄及时制止。"

一九七二年十月始至一九七三年五月止，从周记于随月楼之梓室。七三年五月六日灯下，时年五十六。

柳亚子为廖仲恺撰写碑文

廖仲恺先烈与何香凝夫妇合葬于中山陵附近，去年（1972）九月上旬，余至南京，正何安葬之时也。廖于一九三五年八月先入茔。闻夫人卒前一年曾至廖墓开穴一观，期殁后合穴。廖之碑文出柳亚子笔，文曰：

呜呼！此廖仲恺先生纪念碑也。先生殉国之岁，即权厝羊城。与黄花岗七十二烈士之冢衡宇相望者，十载于兹矣。既国葬南都，家族亲朋谋留纪念于粤，乃建新碑，属余一言。余维先生之丰功伟绩，虽有千万词不能穷，宁死韩陵片石，所得而详尽者？无已，试举先生之遗憾言之乎？孙先生革命四十年，目的在求中国之自由平等，而以唤起民众，及联合世界上以平等待我之民族，共同奋斗，为最后之努力。唯先生能默喻斯意。中国国民党十三改组，亦唯先生赞襄最力。孙先生既殁，先生遂以一身系革命前途之安危，此先生之所以终不免也。使先生而不死，世界之风云，与夫革命之历史，殆将有大异于今日者，而今何如？呜呼！埋苌弘之血；化碧难期；抉伍相之眸，悬门犹视。知我者谓我心忧，不知我者谓我何求？则镌有道之丰碑，代所南之心史，普天下有心人，故应同声一恸已，又宁第先生之私悼耶？中华民国二十四年六月柳亚子敬撰。

从周案，此碑立于广州原葬她。柳先生集中载此文否？待查。谒南京廖墓者或不知有此碑文，故录之。

周叔弢与扬州小盘谷

最近逝世的周叔弢老先生,是一位著名的民族实业家,忠诚的爱国主义者,共产党的亲密朋友,古籍文物收藏家。我们是忘年之交,在我沉痛地发出唁电后,几天来总觉得心里平静不下,这位爱才若命的慈祥长者,多么地使人难以忘怀啊。我仿佛又重回到那年他邀我到天津,与张学铭先生一起参观园林,他们二位是负责天津城市建设的,而今张先生亦下世两年。后来周老来上海看了同济大学的校园三好坞,很感兴趣,我们在国际饭店畅谈,他的侄子周煦良先生也在座,大家兴会很浓。煦良先生不幸去冬去世,我早知这噩耗会使老人家受不了的,今果不出所料。

座中我们谈的重点是关于扬州园林小盘谷事,这园是周家旧园,他祖父周馥购进作为娱老之处的。周先生一八九一年生于此园,到一九一四年才离开,因此对此园印象特深。当我的那本《扬州园林》出版时,我寄书给他,回答说:"小盘谷图片翻阅数过,儿时游嬉之地如在目前,今垂老矣，回忆前尘，曷胜惆怅！中国园林之盛甲于天下，世人能真知其美者当推先生为第一人。著作等身，传播世界，厥功甚伟，仆言或非妄谬。"对我来说，实在太过誉了。

他又说："窃谓叠石兼技术艺术二者而有志，技术今或胜古，艺术则可意会不可言传，法书绘画之俦也。"

这座具有中国园林地方特色，而又在地方特色中别具一格的小盘谷，周老先生时刻眷念着，有着深厚的感情，尤其小盘谷的建筑本来不髹漆，全部以木材本色出之，很是雅洁，可是几年前为占用者油漆了，周老先生来信说："吾家小盘谷……油漆一新，楠木厅亦不能幸免，不知可信否？"我们如今大家逐渐认识到，对于不晓园林历史，不解园林艺术的任意修理旧园，其实不是对文物文化的爱护，于此不能不引起人们严重的关切。

一九八四年四月十二日

也谈闻一多的封面画

本月十五日是闻一多先生殉难十六周年纪念，余时同志在本版写了《闻一多的封面画》一文，并且希望大家提供有关闻先生封面画资料，以供研究参考。

据我知道，闻先生与诗人徐志摩交谊很好。徐的一些著作，大部分的封面设计出于闻先生的手笔，其余则为江小鹣先生所作。一九二六年出版的《落叶集》，一九二七年出版的《巴黎的鳞爪》，一九三一年出版的《猛虎集》，三张封面代表了三种不同的风格。《落叶集》是空灵秀逸，《巴黎的鳞爪》已趋于简洁，到《猛虎集》的时期则泼辣遒劲，概括性极强了。至于徐志摩的《翡冷翠的一夜》，正如徐的自序上说："本书的封面图案翡冷翠的维查乌大桥的一节景，是江小鹣先生的匠心，我得好好地道谢。我也感谢闻一多先生，他给我不少的帮助，又为我特制《巴黎的鳞爪》的封面图案。"可见这书封面虽出江手，闻先生也参加了一些意见。

写到此我又联想到了我国的书籍,从二十年代开始,直到三十年代这一段时间内,艺术界的确创作出了很多极清新、极美丽、极有思想性的封面图案。这些东西是研究我国近代艺术史的重要章节,我很希望能有人编一部比较完整的全集,这对于今日封面图案创作是有所借鉴的。

一九六二年七月写

俞平伯与曲园

二月七日，《夜光杯》陆上草同志写了一篇《俞平伯与曲园灯夕》，阅后使我回忆起了不少俞先生与曲园之事，我想也是读者所乐闻的吧！

俞樾（曲园）在清光绪初建苏州曲园于马医科巷，因地形为曲形，与篆文曲字相似，故名"曲园"。其中凿一凹形之小池，又与篆文相似，命其亭为"曲水亭"。此用中国文字形之美，作为设计之主导思想而构思成园。俞平伯先生为曲园老人曾孙，久居北京，念故园，要我写曲园芙蓉折枝。后来他赋诗为报："丹青为写故园花，风露愁心恰似他。闻道曲池督井矣，一枝留梦到天涯。"真红学家之笔也。

曲园已废颓，前几年苏州市召开城市总体规划会议，我在大会中提出修复曲园事，蒙采纳。接着叶圣陶、俞平伯及已故的顾颉刚等诸老又正式向国家园林局提出，叶老还在《苏州日报》有专文倡议。因曲园老人是清末大学者，当时享有国际声誉，章太炎即为其著名大弟子。汪东、黄侃等为再传门人。其学派至今在国内外还起着影响。曲园老人手书寒山寺碑，拓本几为外宾到苏州所必购之物。

最近听说苏州市对曲园将要修复了，平伯先生闻此消息来函说："小园（曲园）如能修复，庶先人遗迹不泯，生平之愿已足……"叶圣陶老先生来信也谈到曲园，他说："曲园修复有望……闻之皆深喜。"俞老今年八十四岁，叶老今年八十九岁，高年还眷眷于曲园的修复事。

平伯先生夫人许宝驯年事稍长于他，能度曲，长诗文、绘画。俞著《古槐书屋词》为宝驯夫人手书影印者。将出版的我那本《书带集》，俞老在为我写的序上又提到了曲园："……名以'书带'者，盖取义于书带草云。此草江南庭院中多有之，傍砌沿阶，因风披拂，楚楚有致。予买下废园（曲园）亦曾栽之。"平伯先生十六岁离开苏州到北京上学，垂老之年，见面总同我谈到曲园，如今曲园修复在望，我已约好这一对老夫妇再南下同叙旧园一乐。

一九八一年二月

陈从周与俞平伯

天一阁东园记

　　环园皆廊也，而水石樟林尤胜，以位于天一阁之东，故名东园。

　　园多石刻，为历年所收存者，邱君嗣斌见其散置于断垣颓壁间，隐然有感，蓄整理之心久矣。遂商于余，期以碑廊为主，而增园林出之，两全其美也。小住阁中，偕洪君可尧漫步其间，商略亭台，安排泉石。园有积水，樟木蔚然成林，适甬上有古木构二，尺度相宜，移建之，宏敞轩举，今之凝晖堂也。堂成一园之主体存焉，疏池叠石，皆因地制宜，未损乔木，宛若天成。园属天一阁，墨香衍芬，二而一也，故不以藻饰出之。复饶水景，昔范尧卿先生有东明草堂，故以明池名之。曲岸弯环，水漾涟漪，堂之影，亭之影，山之影，树之影，皆沉浮波中，虚实互见，清风徐来，好鸟时鸣。而万竿摇空，新篁得意。阁有书卷，园存雅趣，洵甬人之清福也。余唯四明一隅，以藏书闻世，学者文人辈出，信山水钟灵，然不能不归功文风之盛，而文风之盛,又不能与藏书佳处须臾离者。

嗣斌守天一阁三十年,以余勇营此东园,良有以也。万卷诗书来左右,小园容我一藏身。戊辰之岁,阳和三月,读书阁中,抛卷成此记,存建园之始末耳。

衍芬草堂藏书楼

清代浙江海宁藏书，自吴骞（兔床）、陈鳣（仲鱼）之后，当推蒋光煦（生沐）之别下斋与蒋光焴（寅昉）之衍芬草堂。蒋氏于乾隆中叶自海盐吴叙桥左近蒋家村迁硖石镇，以典业起家。别下斋建筑及藏书、藏画毁于太平天国革命战争。衍芬草堂为其左邻，今尚在。其地名通津桥，即今之南大街也。解放后衍芬草堂藏书由蒋氏捐赠北京图书馆。

蒋氏自蒋云凤迁硖石后，子分四支，聚族分居于通津桥之东南。光煦为二房后，光焴为四房后。别下、衍芬两处建筑，其始建时代当在乾隆末叶，为苏南厅堂式，后临河皆建有暖桥。衍芬草堂建筑原为典当基，故高垣铁门，甚为坚固。建筑以地域而论，海宁州治近杭州，建筑形式与细部手法已是浙中风格，而硖石地近嘉兴，其做法犹染太湖流域之苏南形式，较高级精细之建筑皆延聘吴县香山匠师，此屋应属是类。所用石料大部分为乾隆间苏州金山所产。此端为论浙西建筑所应及之者。衍芬草堂藏书楼在今蒋宅内，大门西向，为金山石制石库门，入内门屋一间，迎面为账房，越天井入门，南向厢楼三间，其后平屋一间。再进有南向平屋两间，旧为舂米之所。墙外为河，上有暖桥通吴家廊下。别下斋自焚后，其后裔居于此，悬补书新额。自大门内左转为大厅三间，施翻轩带北厢，正中有石库门可直通街道（门外有市屋，平时不通，遇有丧喜之事方开启），厅焚于光绪十年甲申（1884），即重建。是年曾检书一次，殆因被火致藏书有所纷乱，其检书印，印文为"蒋光焴命子望曾检书记"可证。悬高心夔楷书宝彝堂额，上款为寅昉。高字伯足，号陶堂，又号碧湄，江西湖口人，清咸丰庚申（1860）进士，著《高陶堂遗集》，两署江苏吴县知县，与浙中藏书家颇多往还。曾为杭州八千卷楼丁丙（松生）作《丁征君书库抱残图记》。光焴晚年客寓苏州，所交友甚多。此额当书于同时。后进为楼厅，施翻轩带两廊，厅划分三间，中置槅扇（落地长窗），左右间前后装支摘窗（和合窗），一如苏南住宅常式。厅中悬衍芬草堂隶书额，李超孙（奉墀、引树）书，上款为淳村。淳村名开基，子星纬娶李之次女。光焴之祖也。衍芬草堂藏书始于蒋开基，大集于孙光焴，故藏书印称三世。楼层为藏书处，宋元旧椠贮于此楼。案蒋光煦与蒋光焴为从兄弟，其盛时，版本学家钱泰吉（警石）、邵懿辰（位西）、高均儒（伯平），画家费丹旭（晓楼）、翁雒（小海），金石家张廷济（叔未）等皆客其家。钱著《甘泉乡人稿》《曝书杂记》，皆究版本之作。光煦辑《别下斋丛书》《涉闻梓旧》及《别下斋书画录》。著《东湖丛记》，李慈铭评为："……而佚书秘椠，有稗学问为多，较之《爱日庐藏书志》《拜经楼藏书题跋记》，盖在吴前张后，伯仲之间。其中颇载宋本序跋及今本之脱失者……"别下斋所藏毁于太平天国革命战争中，光煦因此呕血而亡。衍芬草堂所藏，始渡江至绍，由宁波航海至沪，后溯江而西；至汉口，再移武昌，得无恙。并刻蓬莱阁诗录。张裕钊（廉卿）作《东归序》为赠。据蒋光焴咸丰四年（1854）十二月，跋宋版小字本晋书："箧中金尽，买书不辍，犹得展玩于患难之中，倘亦古人之所许也。"可证其搜购之勤。书目为其孙钦顼（谨旃）编；述彭（铿又）补成，即世传衍芬草堂书目（未刊）。藏书印印文"臣光焴印"（白文）、"寅昉"（朱文）、"盐官蒋氏衍芬草堂三世藏书印"（朱文）、"光绪甲申海宁蒋光焴命子望曾检书记"（白文）。尚有"蒋光焴印"（白文）、"光焴"（穿带印）、"壮夫小学"皆见于其所书文件上。

蒋宅因位于硖石镇大街，后临河，其房屋朝向面西，为减少夏季日照，故天井皆为横长形，其旁之厢易以两廊。

案浙中及皖南建筑，即南向建筑，其正屋两侧亦多建东西边屋或东西楼，其处理方法，即正屋之旁用狭长天井，迎面为正屋两侧山墙，既遮日照又利通风。至于高级住宅东西厢之前用短垣，有时上开瓦花墙，亦同一用意。城倚巨流，镇傍次流，村靠支流，则为过去不变之水乡城镇规划原理。

衍芬草堂后进为颐志居，再进为思孔室，其形制面阔皆与前者相同。最后为北苑夏山楼，周寿昌书额。旧藏董源《夏山图》于此（今图藏上海博物馆）。避弄为通两侧诸厅之过道，东首最前为五砚斋，三间南向，悬张廷济（叔未）隶书额；所藏五砚，冠以宋代梵隆写经砚，殿明代老莲（陈洪绶）香光主者砚（俗称画梅砚，今藏上海博物馆）。此屋原为书斋，蒋光焴父星华时所建。此斋与其后进思不群斋一墙相隔，中不开门，须由避弄出入。思不群斋为楼厅三间，施翻轩。挂落，梁柱用材遒劲，砍杀工整，细部精致，当时迎客之花厅。厅前玉兰海棠各一，扶苏接叶，花时绚烂照人。额为行书，出钱尔琳（特斋）笔，钱道光元年（1821）秀水恩贡生，为钱泰吉族孙。泰吉则又为其学生也。今检藏书题跋，每每提及光焴与邵懿辰、钱泰吉等同会于五砚斋及思不群斋评书品画。且邵氏于咸丰十年（1860）三月避地硖石，即举家居于思不群斋，而当时为迎宾之所也。楼上为藏书之用，蒋氏之书原皆藏于衍芬草堂楼上，其后分作三份，宋元旧本仍藏于原楼，明本、钞本及善本藏思不群斋楼上。普通本藏本镇西关厢家祠书楼。该书楼三间，上层作藏书之用。

思不群斋后一进，建筑稍晚，称双峰石室，亦面阔三间之楼厅，形式相同，唯北厢南廊，而廊上又作楼层，与前者略异，砖刻门楼（台门）极精，额为清芬世守，所镌人物台阁计分三层，为其他诸厅者所不及。是进后有楼三间东向，两旁必柴灶间。越门最后有天井一，旁为厕所，末则通河埠矣。此路之东尚有一避弄，其外则为街道。此建筑之大略也。海盐澉浦蒋氏墓庐，名西涧草堂，陈铣（莲汀）书额。门首有联"万苍山接北湖北，亦秀峰临西涧西"。是处所藏原为光煦祖所遗者，版本较次。载书西行，此处之书未及，略失十之三四，后仍携之西行。朱嘉玉（子信）有《西涧草堂书目》，蒋佐尧有《丙申（1896）书目》记。蒋光煦所著有《敬斋杂著》四卷，诗、小说一卷。所刻有《诗集传音释》、《孟子要略》、《段氏说文解字注》、《葬书五种》、《涧溪医案》、徐批《外科正宗》、嘉兴钱仪吉《记事续稿》、元和陈古家《蓬莱阁诗录》等书。元罗中行《诗集传音释》，则以明正统本及胡氏一桂《诗传纂疏》、朱氏公迁《诗传疏义》、许氏谦《诗名物钞》为主，参之史氏荣《风雅遗音》，而益以他笈，校其异同，尤称为明以来最善之本云。俞樾（曲园）挽蒋光焴联云："万卷抱丛残，当时三阁求书，曾向劫灰搜坠简；卅年嗟契阔，他日一碑表墓，自惭先友列微名。"推崇可见。

一九七三年春时客同济大学村楼

剪烛忆旧

故居

"毋忘水源木本",童年时在祖先堂上,看见父亲写的这几个字,垂老情怀,终是不能忘怀,因此几年前我一定要回老家绍兴道墟杜浦陈家溇去看一下老家。道墟这地方清代出了大史学家章学诚,少年时读过他的著作,尤其《文史通义》,与"六经皆史也"之立论。我回老家实在是要看看这座已被地方忘弃了的名人故居。居然寻到了祠堂,还有一些石刻,经我"不速之客"的大力推崇,终于祠堂等保存了下来,亦请当地到上海购买有关著作。章氏明代从闽南移民浙江的,祠堂建筑还是明代的。杜浦是在道墟的近旁,属道墟镇,已是曹娥江口,如今划归上虞县了。有青山为屏,风景十分宜人。去了老家,同辈的只一个族弟,其他都叫我公公了。我在陈家看了被改造的宗祠,这是父亲亲建的,老屋已荡然了。清清的流水,已是涓涓小流,附近的祖坟皆平了。我在这里立了一块小碑,低回沉思不已,我们陈家在这里世代务农,我祖父永福公挑了一担土货徒步走到杭州，定居了下来，因此父清荣公与我，都生在杭州。虽然这几年我回道墟杜浦几次，终仿佛外籍华裔回国一样，别有一般滋味在心头。感到老家的依恋，祖宗的怀念。我是中国人，我是绍兴人，人家称我阿Q同乡，我觉得光荣。鲁迅的好友闰土，他亦是道墟人，诚朴的劳动人民。

父亲自立后在杭州城北青莎镇散花滩建造了房子，我出生在这里，散花滩又名仓基上，可能南宋时为藏粮之处，四面环水，有三座桥通市上，三洞的华光桥，一洞的黑桥，还有一座叫宝庆桥。宝庆是南宋皇帝的年号。桥是一洞，很小的。我家在后院中挖到了宋代的韩瓶，父亲将它用来插花，很古朴，花经久不谢，有时将韩瓶放人大花瓶中再插花，亦很别致。

我家的主要建筑是楼厅，名尚德堂，西向，面对照屋，我们叫它回照，是书房，悬清可轩额。旁则两廊翼之，厅翻轩铺石板，是绍兴老样子。地面用方砖，小时候伏在地上用水写练大字。尚德堂后为上房，是一座走马楼，以爱吾庐名之，我出生于左厢楼上。楼后隔墙为东花厅三间，其旁南向一间是父亲颐养祖母之处。父亲去世，祖母尚健在。我幼年看到她老年失子之心，这痛苦与我一样，也不必多写了。后园中乔木阴天，本有山石花木，我生的那年，大厅旁的新花厅建成，这些山石花木移到新花厅去了。后来又从南邻陆家旧宅中移来一些旧山石来。新花厅是三开间带围廊的半洋楼，后增书房一间，楼上是父亲晚年静居之处，园中以湖石石笋为花台，满布书带草，我爱这草的感情是从小培养出来的。这小园在我八岁时父亲故世后，十六岁时易主了。如今听说全部夷为平地改建公房了。

散花滩中有一巷，名仓基上，我家宅后临河则称华光桥河下。河是大运河后尾，隔河有座大王庙，水面上挑出一座戏台，与庙的整体，仿佛是只大蟹，形制很引人入胜。每逢演戏，在后门外听到锣鼓声，可惜看不太清楚。河面很广，各处来的大船很多，小时候就是爱看各地来的各种形式的船。因为是水乡，活虾鲜鱼，下午四时也能买到当天捉来的。小康人家，生活还是过得舒适的。小学是在对岸，每天要经过三座桥。在桥上看船又是一乐。十三岁进城读中学，从此离开了这座生于斯长于斯的老家。散花滩这个带有诗意的地名，如今当地人也不知道了。而滩呢，不是四周环水，却已成半岛了，往物风光，只存梦寐。

我家附近有个新码头，还有一个接官亭，是清代到杭州来做官的人舍舟上岸的地方，民国以后改为警察派出所。据老辈讲，从前官员到任，上轿入城时争看官太太，说长评短，小时候倒颇引为动听的。又听到父母讲间壁的钱家、陆家、孙家等都是本地大族书香人家，虽然衰败了，还要我去看钱家的大门内有"文魁"的匾额。"文魁"这两个字要中举人后才可以用上的，封建教育用来策励子孙。还有纸商的会所"蔡侯殿"，晓得蔡侯就是汉代纸的发明家蔡伦。最近有人送我一本翁又鲁先生的诗集，我猛然大悟，翁先生的故居在我家对门，旧宅已早毁，门上的那块"翁又鲁先生故居"石刻，却是童年时上学经过天天见到的。因为写的北魏，字体有些特别，所以今天还记得。我在童年欢喜听地方掌故与了解一些地方古迹，这也许与我后来从事建筑史的研究是分不开的。

老家如今无片瓦之存了，当时的环境也都变了样，但我仍仿佛如在目前。家可爱，国亦可爱，家与国作为一个人是不能忘情的，因此在海外的华裔们，当他们回国时的心境足可以理解。历史文化遗迹，我们不能破坏得太多，可保留的应该保留，给人们有个寻根的地方，尤其阔别大陆四十年的大陆去的台胞们，我们更应该做好这方面的工作，这对统一祖国有好处的。我曾听得一个归侨说："祖坟挖掉了，祖宅毁掉了，家谱烧掉了，还有什么值得我寻根之处？"言下唏嘘不已。这心情我们应该理解的，也许我是搞历史的，想法过头一些，但亦应该认识这是人之常情。修身、养家、治国、平天下。身、家、国、天下，四者不能分割的。古人这话并没有过分。树高千丈,叶落归根,我是中国人。

最近我将父亲去世时的一本"讣闻"装裱好。这是前几年回杜浦乡下时,一位族弟淼祥送我的,在他家珍藏了六十五年,这"讣闻"上列名的近支弟兄,只有我一人,远支亦只有他一人。我看了,产生一种难以描绘的感情。也许是我的文笔太拙劣了,往事般般一时都上心头,想到家,家的故宅,童年戏游之地等,上海虽然大伏天气,但我的感情又不能不使我回忆这些。

1990 年 8 月

读书的回忆

《语文学习》杂志的编辑要我谈谈治学之道，惭愧得很，"起舞不辞无气力，爱君吹玉笛。"编辑先生的盛情我何能恳辞呢？说经过也罢，算陈述也罢，"泥上偶然留指爪，鸿飞那复计东西。"不过在我将近七十年的逝去年华中，来谈谈我的读书与自学罢了。

我是五岁破蒙，读的是私塾，又名蒙馆，人数不过七八人，从早到晚就是读书背书，中午后习字，隔三天要学造句。没有暑假、寒假、星期天，只有节日是休息的，到年终要背年书，就是将一年所读的书全部背出来方可放年学。当时的生活是枯寂的，塾师对学生的责任感是强的，真是一丝不苟。

家庭教育也是培养孩子的一个重要环节。我八岁丧父，母亲对我这个幼子，既尽慈母爱子之心，又兼负起父责，她要我每晚灯下记账，清晨临帖练习书法，寒暑不辍。我对老姑夫陈儒英先生是垂老难忘的。父亲去世后，我十岁那年妈妈将我送入一所美国人开的教会小学上学,插入三年级,但是我家几个弟兄的中文根底,却是老姑丈打下的。他是一位科举出身的老秀才。妈妈将我们几个弟兄托付了他,因此我每天放学后要读古文,星期天加一篇作文,洋学堂外加半私塾。

记得我幼年读的第一本书就是《千家诗》,至今篇篇都很熟悉,那是得益于当年的背诵。当时有些篇章也一知半解,但我都背出来,等以后再理解。比如《幼学琼林》这本书,就是我在私塾中由老姑丈亲授的,书中有许多人物传略、历史、地理常识等。那时我虽然不完全懂得其中的内容,但总觉得音节很美,上口容易,我就天天背诵,长大后就豁然贯通了。想不到就是这本《幼学琼林》对我后来研究建筑史及园林艺术起了很重要的作用,它是一本最概括的索引。要不是我孩提时代背熟了这本书,长大后需要检索类书就十分不方便了。

少年时的博闻与强记,是增加、丰富知识的最好时光。我记得那时旧式人家有门联、厅堂联、书房联、字屏及匾额。写的都是名句、格言等,朝夕相对,自然成诵。有时还了解了这些文人学者的成就及身世。至今老家的许多联屏,我还能背得一字不差。一处乡土有一处的历史,父老们在茶余酒后的清谈,使我得到很多的乡土历史知识,有时我还结合自己的学习，做点小考证。初中时，我已能参考点地方文献，写些传闻掌故之类的文章，开始投稿，赢得老师的好评，今日看来这些文章当然是相当幼稚的。

我中学时所读的语文课本，大多是商务印书馆、中华书局等出版的教科书，所选的内容是多方面的，有古文、语体文。古文中有经书的片段，有唐宋八大家的文章，晚明小品以及诗词等。语体文有梁启超的、鲁迅的、胡适的、陈衡哲的、朱自清的、徐志摩的。总之从篇目中已能看出中国文学史的缩影。我早年一度做过浅薄的文学史研究工作，回想起来是得益于中学语文教师的严格训练与教育。他们不但讲解课文深入透彻，而且最重要的方法是要求学生把课文背出来，所以文学史上的一些精彩篇章全在我肚中了。例如《礼记·礼运篇》中的"大道之行也，天下为公"，梁启超的《志未酬》"但有勤奋不有止，言志未酬便无志"等佳句就起了指导学生怎样做人的作用。鲁迅的《阿Q正传》，朱自清的《背影》，这两篇文章学了后，使我认识到旧社会的可憎，父子之情的伟大。还有名人传记，都教育学生要效法好的榜样。而那些朗朗上口的唐诗宋词，读起来比今天的"流行歌曲"不知要感人多少倍。那时的老师讲得透，学生背得熟，一辈子受用无穷。

以后在大学学习，也没有废弃背书一节。考试时如果没有背的功夫,也考不上高分。

今天大家学外文的劲头是大了,应该说是好现象。然而对祖国的语文,去背的人相对地差劲一些。我曾向中央反映过,考研究生,语文应是主试内容之一。不论哪种专业,大学一年级还是要读语文的,如果没有祖国文字的表达能力,亦就是说,怀才无口,终等于零。

如今电脑发展了,但不能使人脑退化。现在的电子计算器使用很方便,资料复印固然好,但中学语文教师对学生的严格要求仍不能放松。学语文,名篇不背,人脑的记忆功能不就退化了?读书人应尽量利用人的记忆功能。尤其是中小学生,学语文不读不背是不行的,作文光写点体会也是不行的。

梅兰芳、马连良等表演艺术家所以能不用扩音器,取得极佳的表演效果,这正是由于艺术大师们长期勤学苦练的结果,这是那些手握麦克风的歌星们所无法比拟的。

如今,有的教师一上讲台,有些像作大报告,照脚本宣读,学生听听也就罢了。个别教师对教材尚未心领神会,讲起来当然就干巴巴了。说实话做老师的如果不下苦功,不花点力气去研究、熟悉课文,怎么教得好学生呢?我真佩服我们前辈的老师们,他们在十年寒窗中下了多大的苦功啊!

也许我调查得不够全面,有些语文教师不识繁体字,不辨平仄声，不知韵脚，一教韵文，但解文字，不知音节。个别大学中文系的教师也还存在这些现象，中小学语文教师就更不用说了。中国的文字，有形、有义、有声，是世界上特殊而俊秀的一种文字，做老师的应该理解它。我是理工科教师，不少日本的大学教师到中国来进修时带了汉诗，这些汉诗当然都是与建筑有关的，他们请教于我，如果我一无所知，怎么办呢？"学然后知不足，教然后知困。"倘能边教边学，还算是好的，最怕的是说一声："嗨，这是些老东西，封建的东西，落后的东西，淘汰的东西，不现代化了，过时了。"把祖国的文化拒之于门外。

中国的文章重"气"，这是与书画、建筑、园林、戏剧、医学等一样的，要重"气"。因此文章要朗诵，要背，得其气势。谚语说得好："熟读唐诗三百首，不会做诗也会吟。"这里说的是重在"熟读"两字。学语文，不读不背不理解，要想做好文章，凭你的语法学得再好，也如缘木求鱼。我国的著名文学家可说全不是从语法学习中得到高水平的创作而成名的。语法不是不要学，学是为了检查自己的文章造句，合乎语法规律否，但不能靠语法来写文章。不是我今天讲句很不礼貌的话，很多语法老师语法是专家，可是写起文章来，也许不能令人满意。这到底是怎么一回事，恕我难言了，明理人自然知之。

几千年传下来的传统学习语文的方法,它培养了无数的文人学士,我们不能轻易地抛弃啊!白话文不等于白话,口语代替不了文章,学语法不是学作文的唯一方法,熟读《描写辞典》,写出来的文章牛头不对马嘴的,工具书是重要的,但不是唯一的书籍。读书没有捷径,最愚蠢的方法却带来最聪明的结果,事物就是这样在转化。

我是文科出身,自学改了行,做了三十多年建筑系教师。在中学教过语文、史地、图画、生物等,在大专学校教过美术史、教育史、美学、诗选等。在建筑系我教过建筑设计初步、图画、营造法、造园学、建筑史、园林理论等,并且还涉及考古、版本、社会学等方面的研究,可算是个杂家了。解放前,我是为生活所迫,有课就得教,要教就得准备,不然如何面对同学?辛苦当然是辛苦的;然而这又迫使人拼命干,尤其对青年人来说,好处太多了。现在有些青年教师要开一堂新课,什么先进修、参观啦,花样太多了。温床培养不出鲜花,游击战士有时比正规军事学校的毕业生善于作战,艰苦的环境能锻炼出人才。多方面的知识,是会有助于专业学术水平提高的。

最后,我得申明:上述谬论仅代表我个人的一些落后的,或不明现状的痴语而已,请读者原谅。我是面对现在青年人语文水平不够理想而发出的呼吁,并无他意。

书边人语

一九八四年夏初到皖南，歙县在练江边新建报春亭，主其事者要我题一联，我漫成"流水浮云，今日重来浑似梦；暗香疏影，白头犹及再逢春"。感情是真实的，因为十二年前我在县郊"五七"干校劳动过一年，当时谁也料不到有今日，更想不到粉碎"四人帮"后，我还能陆续出版了几部书，再度逢春，如今人家却要我谈治学经过了，惭愧得很，"起舞不辞无气力，爱君吹玉笛。"编辑先生的感情我何能恳辞呢？说经过也罢，算陈迹也罢，"泥上偶然留指爪，鸿飞那复计东西。"不过在将近七十年的逝去年华中，来谈谈我的读书与治学罢了。

我对于学好祖国的语言文学这件事，近年来越发认识到其重要性了。我越来越感激我的语文老师。我们知道，不论是文学家、科学家、艺术家、干部……如果没有祖国文字的表达能力，亦就是说，怀才无口，终等于零，我是五岁破蒙，拜过孔夫子与老师的，这不过是个开始读书的仪式。正式上学是在七岁那年，我们读的是私塾，又名蒙馆，是教未读过书的蒙童而设的，人数不过七八人，从早到晚就是读书背书，中午后习字，隔三天要学造句。没有暑假、寒假、星期天，只有节日是休息的，到年终要背年书，就是将一年所读的书全部背出来，方可放年学。当时的生活是枯寂的，然而塾师对学生的责任感是强的，真是一丝不苟，我背书与写字的功夫，基础是这时打下的。但是家庭教育也是培养孩子的一个重要环节，我八岁丧父，妈妈对我这个幼子，既尽慈母爱子之心，又兼负起父责，她要我每晚灯下记账，清晨临帖练习书法，寒暑不辍。我那时是用旧式数字符号的，今天很多数学家对它尚陌生呢。我虽非研究数学史的，但从小认识了一些传统东西，到后来我一度对中国古代数学史有很大兴趣。

我对老姑丈陈儒英先生是忘不了的。父亲去世了，妈妈是旧式女子。我十岁那年被送入一所美国人开的教会小学，插入三年级。但是我家对这位姑丈来说，弟兄们的中文根底，都是他打下的，他是一位科举出身的老秀才，终生课徒。妈妈托付了他，因此我每天放学后要读古文，星期天加作一篇作文，洋学堂外加半私塾，我读了《古文观止》《幼学琼林》《唐诗三百首》等，统统要背。当时孩子的读书任务，说得简单点，就是背书、写字，看来似乎是原始，但今天看来，比电脑、录音机、录像机等都先进，因为通过这样的训练，知识都为我所有了，什么办法也拿不走，所以我后来能逐渐领会书中内容，又能不需检书而信手拈来，也不用仪器来画字，用复印机来代替抄书，我自己掌握了主动权。天下有许多事看来似乎是愚蠢，但反转来又觉得是先进。童年至青少年时代，记忆力最好，我们要多利用它，是有好处的。当然，以后在中学、大学的老师，并没有废去背书一节，口头上不需要学生背，但考试时如果没有背的功夫，也考不上高分。今天大家学外文的劲头是大了，应该说是好的现象，然而对祖国的语文，去读去背的人却相对地差劲一些。我曾经向中央建议过，考研究生，语文也是主试内容之一。不论哪种专业，大学一、二、三年级还是要读语文课。过去外国人在中国开的大学还如此，为什么我们今天把学习祖国的文化看得这么轻呢？语文、历史，既是知识、工具，又是进行爱国主义教育、思想品德教育的重要课程，希望主管教育的领导们，我们不能数典忘祖。

少年时的博闻与强记，是增加、丰富知识的最好来源。我记得旧式人家，有门联、厅堂联、书房联、字屏以及匾额。写的都是名句、格言等，朝夕相对，自然成诵。有时还了解了这些文人学者的成就及生世。我至今对老家的许多联屏，还能背得一字不差。一处乡土，有一处的历史，父老在茶余酒后的清谈，使我得到很多的乡土历史知识。其他栽花种竹，观鱼赏鸟，亦增加了博物的品赏。有时结合自己的研讨，还做点小考证。因此我在初中念书时，已能参考点地方文献，写些传闻掌故之类的文章，赢得老师的好评，开始投稿了。今日看来当然相当的幼稚，然而正是这些，奠下了我以后研究建筑史与园林等的基础。

事师必谨，这是我一生对老师的态度。"传道、授业、解惑"三者不能偏废，如今一些学生对老师仅仅认为是传授知识的，这是极大的错误，教书教人，身教言教，才是全面，因此在我学生时代，我常去老师宿舍、家中，看他的藏书手稿，观他的生活嗜好，以及谈论许多课堂中得不到的东西。而老师有时要我抄文章，做些助手工作，那是最直接得到的治学方法。当然除老师外，还有许多前辈学者，也同样的要去请教，他们年龄大了，不免废话多，有时还有点脾气，"色愈厉而礼愈恭"，人家还是乐于教导的，娓娓清谈，其中真有极宝贵的东西，都是他一生总结下的经验，一语道破，豁然开朗。我是从小爱好营造与园林，我欢喜看建屋造园，从断木一直到架梁，从选石一直到叠山，我决不放松一刻的机会，许多施工的知识就是这样累积起来的。尤其重要的是老师傅教了我许多口诀，这些在建筑书中是学不到的。其他裱画、修补古书、艺花等等，我都爱好，我皆在工作现场以好奇的眼光，在观察与请教中，增加了活的知识。

"晚晴无限斜阳暖，不信人间有暮寒"，老冉冉兮将至，但我的心情却没有迟暮之感，新社会对我来说生活是安定的，促使我三十多年来没有停顿治学工作。记得一九七八年冬，我去美国纽约筹建中国庭园"明轩"时，留美多年的友人王季迁先生问我："你在大陆处境如何？"我回答说："生老病死有保障。"他默然不答，过了一会，唏嘘地说："在美国，这样也不太容易。"够了，够了，我也不必多做统战工作，尽在不言中了。人是动物，脑子是流汁，不动就要迟钝僵化，所以我一生治学坚持脚勤、手勤、脑勤。因为我的专业有其特殊性，不能全坐在书房中，要旅行，要调查，有许多野外工作。旁人看来这种近似"旅游"的工作，何乐而不为呢？然而干一行，有一行的甘苦。古寺残垣，废园旧宅，过去那种住僧舍小店的生活，如今住大宾馆的人是不理解的。跋山涉水，上梁登塔，一天下来得到的疲劳、愉快，调查资料，随有随整理，随分析，最后才能达到发表水平，这才心愿已了。这样，研究结果初步完整了，材料固定下来，自己好用，别人也可用，通过自己劳动的成果，至老难忘，用于上课，说来有声有色，这是亲自所得第一手资料的可贵。人家赞我记忆力强，其实我也是个普通人，也没有超越常人的天才，不过我懂得利用脑瓜子这个仓库，分门别类，迅速归档，记人名以姓为纲，以不同类型为目。古人的名字皆有名号，要弄清两者的关系。世家大族要知道其世系排行，这样便不容易忘记，即使忘记，也有办法联想起来。至于地名，如果先了解山川地貌，历史沿革，那记地名就方便多了，也不会闹出笑话。做诗词的平仄韵脚，我因为咬字不准，只好查韵书，开始用硬记的方法来打下基础，久而久之自然纯熟了。要学一门新科学，首先要弄通概论或简史，没有这个开门钥匙，得到基本概念，那是越读越糊涂，最后造成"不知有汉，无论魏晋"，"只见树木，不见森林"的后果。《文心雕龙》说得好："积学似储宝，酌理以富才。"学问靠"积"，理靠"酌"，才能有所成就，因此，平时不勤，何以言积？积了不分析与研究，学问是提不高的。

读名人传记，可以看到前贤怎样治学，读些什么书，怎样取得学术上的成就。这有利于自己的学习，同时又起很大的鞭策作用，鼓励自己的毅力。回忆我《苏州园林》出版时，有人批判我士大夫意识的诗情画意，精神上受到挫折，家庭的意见也大，妻再也不愿叫子女去学有关意识形态的学科。可是我呢，并没有被击倒，接着又出版《苏州旧住宅》。同事劝我,你不怕痛苦的教训吗?我还是顶着危险,我行我素,我认为有错可以改正,不能因个人一点委屈,就饱食终日,无所作为了。人家批评我搞个人名利,我总认为个人是集体之一,没有个人,哪有集体?单纯与片面强调集体,实际是个人不负责,吃大锅饭。打倒"四人帮"前几年,我已经解放了,在做杂工,我并没有自暴自弃,我每天用毛笔小楷书写笔记,累记了几十万字,名之为《梓室余墨》。我当时有病,心境恶劣,我将这些零星的片段,记了下来,准备给我的学生路秉杰,"落红不是无情物,化作春泥更护花。"他是我的研究生,又做过多年的助手,为人诚笃,很尊师,理解我甚深,我必有所报他也。我得到一个经验,逆境时多做点工作,到顺境时可以公之于世。果然不出所料,"四人帮"打倒了,抬头见了青天,"皇天不负苦心人",我那些旧稿居然陆续出版了,我觉得任何事都要未雨绸缪,临渴掘井出不了较高水平的东西。

由博返约,这是学习规律。基础面广,也就是说"膏之沃者其光晔"。我是文科出身,自学改了行,后来做了三十多年建筑系教师。在中学教过语文、史地、图画、生物等,在大专院校教过美术史、教育史、美学、诗选等,建筑系教过建筑设计初步、国面、营造法、造园学、建筑史、园林理论等，并且还涉及考古、版本、社会学等多方面的兴趣与研究，可算是个杂家了，"文化大革命"的大字报就有这个"雅号"。但是过去为了生活所逼，有课就得教，要教就得准备，不然，如何面对同学？辛苦当然是辛苦的，然而这又迫使人拼命干，尤其对年轻人来说，好处太多了，但最关键的是自己的兴趣问题。现在青年教师要开一堂新课，什么先进修、参观、备课，花样太多了，温床并不能出鲜花，游击队的战士有时比正规军事学校毕业的善于作战，恶劣的环境能锻炼得出人才。多方面的知识，是有助于专业学术提高的。

读书也好，做学术也好，要有的放矢，要环绕一个问题，由一点可以引申到很多点，正如蜘蛛网，千万条丝离不了中心的蜘蛛，如此在这个学术领域中就可得其梗概了。因此，读书与做学问必定要注意到方法问题，这样，有系统有条理，可以节省时间，所得成果也大。

我还要谈一谈师承问题，这件事如今很少人谈及了。山贵有脉，水贵有源，学问也是如此。古代称为从师，就是跟老师学，既然学，首先必心诚，"心诚求之，虽不中，不远矣"。我认为既是从师，那至少老师的著作，作为一个学生，应该要全读过，有深刻的理会，所谓学到手，然后才能青出于蓝而胜于蓝。我们去向一位知名学者求教，你连他的书一本也没有看过，见面时如何启齿呢？记得一九五八年在北京批判"中国营造学社"的学术思想，梁思成先生自我批判中说，"我是有'流毒'的，陈从周他就是能背我写的书。"今日看来，我还是做得对的，我们谊兼师友之间，如果没有这段话中所说的，那我古代建筑如何能学到手，又如何能得到前辈的垂青呢？不下一点苦功，人家是不会帮助你的。通俗一些说，你们是没有共同语言，"以文会友"，没有文，如何交朋友呢？师承也好，学派也好，它是要付出辛勤劳动代价的，尊师与崇道是合二为一的。

做学生与当老师，暑假与寒假那是最宝贵的时间了，既自在从容，又随心所欲，它在我一生中太可爱了，值得留恋与回忆。人家都知道我能绘画，我没有进过美术学校，我就是利用酷热与严寒的日子，度我自得其乐的寻美生活。几年的积累，做出了一点成绩，那我没有辜负流光，感到无限的安慰。解放后，我有更多的机会利用寒暑假去调查古建筑，写下了若干调查报告，我虽然没有享受到一次疗养与休养的机会，我偶然翻阅那时的成果与笔记，发出了会心的微笑，这些就是我历年假日的记录，人生应该重视"惜阴"。我有时也喜欢写点小诗词，偶然的感情，也应写下来，时过境迁，追之莫及。苏步青教授是数学家，他的诗写得那么好,我们两人有同感,提倡文理相通。这位数学家的生活,从他华章中,可以看到生活这样美,感情这样充沛,因此八十多的高龄,身体还那么清健,精力还那么好,这不能不归功于学问的嗜好,要多样化一点。

拉杂写来,仅仅是一个度过了几十年书生生涯的一些自白而已。每个人都有不同的经历,有不同的治学方法,是难以尽人皆同的。治学与作战一样,机动灵活的战略战术,那是决定于自己,"愚者千虑,必有一得",读者以为有可参考之处,不妨参考。我在今日的治学现状,就是从这些不足道的过程中得来的。江南盛夏,家人纳凉,邻居流行歌曲扰耳,挑灯写成此篇,用了三个晚间,恶蚊肆虐,时作时辍,甘苦如是吧!

灯边杂忆

　　春云春水各天涯，但对芳樽醉落花；
　　千啭黄莺留不住，一帘风絮月西斜。

　　闲愁无计托声诗，未语从前已自痴；
　　最是小楼风雨夜，孤灯明灭送春时。

　　纤腰杨柳舞婆娑，轻絮方池点绿波；
　　曲径旧曾低语处，疏林悄悄夕阳多。

　　春归远客未曾归，惆怅中庭画角悲；
　　蜂乱蝶忙谁解得，闲愁最误少年时。

偶然在一本旧书中，翻到了四首饯春词，这是二十三岁时所写的，流光抛人已是四十三年，春天也饯了这么多次，我开始垂垂老矣！见到了自己的少作，又正值这春归时候，自然是感慨多了，想得多了，这比少年时代更加深了一层。往事、青春、悲欢、离合，以及由少年到中午，由中年到老年，这一幕一幕的掠影，像在梦的轻波里依回着，若隐若现，幻出了许多空虚的感情，往往会流露了佛家的思想，一切皆作如是观吧！这几首小诗亦不过记录了我少时的片段，早已任其沉浮，不意现在重见，又仿佛回到当年大学时代的心情，虽然当时假充斯文，来一下吟风弄月，今天看来多少还有点读书人样子，无病呻吟原属妄事，但也借此训练写作，我们旧大学的文化生活，就是这样过的。

那时的大学，在学生文化生活中，有着不同的组织，什么京剧研究社、书法研究社、文学研究社、诗社，以及音乐研究社等等，还有学生们自己办的夜校，来做普及教育的工作。都搞得有声有色，这些社团中的成员，并不限于哪一专业的同学，你有兴趣，任何一种都欢迎你参加。因此理工科的同学也出了很多诗人，写得一手好字。文化气氛很是活跃。最近我们印好的一本同学录，我读了一个个老同学的名字，回忆起他们的容貌声音、嗜好、学问、品德，甚至他们的"别号"，我仿佛又见到他们，我是年轻了，这薄薄的一本同学录，其中蕴藏着四十多年的友谊。

一个人随着年龄的流转，有着各种不同的遭遇与随时在变的感情，如果能及时记录几笔，它是最好的回忆录，小诗小词更觉得耐人寻味。我每次出游，在车中常常用五七句，速写了极短促的、一刹那的感受。这些带了回来，是我日后写作回忆时最好的录音录像，而且特别亲切。有时写得好，往往呼之欲出，我虽非诗人，但我那些断句残诗，却是最真实感情的供词。人的感情是微妙的，有时是"为赋新词强说愁"，有时是"近来识得愁滋味，欲说还休"，我的这四首小词，你要说它没有一点真情，那是不尽然的。一个少年人也必然有这种境界，如今双鬓星星，看作如梦如幻便是了，如鱼饮水也只冷暖自知而已。

我少年喜读二李（李煜、李清照）词，就在二十三岁这年完成了《李易安夫妇事迹系年》这篇年谱性的文章。那时候我开始觉得研究一种学问，如果无的放矢，不总结或整理一点东西出来，对自己的好处不大，《文心雕龙》说"积学以聚宝"，学问是在于累积。我很感激当年学生时代的老师们，都有着这种功夫，耳濡目染，熏陶成我这种如杂货摊的一个学者。后来我的那本《徐志摩年谱》亦是在同样情况下完成的。

我自小就是爱建筑与园林的人，我会独自徘徊于水石间，也会一个人在华堂厦屋下细心揣摩它的结构。当然，这是凭我一点莫名其妙的嗜好，说不上怎样去理解它。今天回忆起来,我因喜读李清照的词,进而读了她父亲李格非的《洛阳名园记》。这位李老太爷还是我研究园林的启蒙老师,他不但教导了我怎样品园,怎样述园,而最重要的,他的文采使我加深了钟情于园。因为文章中提到《木经》,因《木经》知道了《营造法式》,找到了《营造法式》,我的大建筑课本有了,但是看不懂。我再寻着了《中国营造学社汇刊》,我们古建筑的老一辈的文章,有了说解,使我开始成为一个私淑弟子。后来又进入了他们的行列,终于成为我终生事业。谁也料不到我今天在古建筑与园林上的一点微小成就,这笔功劳账还要算到李清照身上,似乎太令人费解了,然而事实就是这样。

今天偶然因为四首少作,一下子写了这许多废话,也该停笔了。窗外雨狂风暴,到了梅子青的季节,初试单衣,已是新夏天气了。

1983年6月

岁暮忆旧

岁暮了,天时是那么阴沉,怪无聊的,清晨为上海昆剧团梁谷音等写了几张"马"字,因为明年庚午是马年,他们大多数是肖马的,还保存着旧习惯,因为这件事触动了忆旧心境,老去情亲是旧游。"童年啊!是梦中的真,是真中的梦,是回忆时含泪的微笑。"冰心的这几句诗太亲切感人了。

我是生长在江南中等人家,小孩子眼巴巴的就是过新年,私塾中背完了年书,就是一年中所读的,最后要全部背出来才可放学,背完书向孔夫子像及老师拜别。后来我进了新式的小学,但老师对所学的还是不肯轻易放,要严格地考查,放假时恭恭敬敬地离开老师。虽然放几天假,仍有假期作业,最显著的是习字作业,每天在家还要练字。从前有句话,叫"年三十的吃,年初一的穿"。妈妈早准备好了新年的衣服,不过是一件新罩衫,而且"下摆"的"贴边"特别长,要反钉起来,袖口也长,有一段反钉,因为人长了放出来还要穿啊！有时在腰部还要折钉一下，将来也可以放出来，对一件新衣是那么节约。另外一双布棉鞋，这样年初一可以出门上亲戚家拜年了，年三十是除夕，有花生、瓜子、寸金糖（一寸长的糖）等，再有一只福橘（福建产的），都是要讨利市，年糕粽子，眼望了一年，可天天享受了，年糕是清汤加点糖，粽子一般是赤豆粽，小孩子已是很满足了，谁也没有想到今日的奶油蛋糕、巧克力……这种朴实的风俗表现了我们民族勤俭厚道的美德。年夜饭也仅仅大鱼大肉，我至今难忘的是粉丝肉圆、鱼头豆腐、红烧肉、白切鸡啊！是多质朴，一点也不虚假。我今天不上酒家菜馆，吃那些时髦菜仿佛是一种痛苦，会引起我的痛苦的回忆。房屋要进行清洁扫除，园子里的花木，每株上都要贴一张红纸条。厅堂里要挂上灯，还要在旁边壁上挂起祖宗的画像，小孩子每年一次见到上代的尊容。这些像早没有了，但我今天还能想起上两代的容貌。饮水思源，这是了不起的爱家庭的教育。元旦后要去拜年，穿上了新长衫，戴上红顶帽，手提一个红纸包的礼品，走最亲近的人家，首先要弄清辈分，不然见面时瞎叫要闹笑话，说没有家教的，有时亲戚家留饭，饭后回家。这种生活，年年要过几天。同样，人家也一样到我家来。年初上有庙台戏，江南有徽调、绍剧、昆剧，在湖州有木偶戏，唱的亦是昆曲，多热闹啊！

在城内的戏院中有京剧、昆剧，北京、苏州的名角也会上演，这些小孩子轮不到了，从大人的嘴中听到梅兰芳、杨小楼等名字。最近每每看到中学生放假了，在家中打牌，比自学小组还有劲，我有些黯然了。我们的新年娱乐不过是踢毽子、拍皮球、捉迷藏，也许今天看来是太原始了。

古来插花是一种艺术，日本到今天还保持古风，妇女不会"花道"是不能出嫁的。过去人家，岁终度入新年要插红的天竹果，黄的腊梅花，水仙花茎上要用红纸包一个红圈，这是最起码的室内装饰，虽然品种不多，但亦平添了一家的生活感。所以我现在画新春清供，总是画水仙等，这与当年的感染是分不开的。

爱家、爱国、爱民族，重老情怀总与那种浓厚的乡土气息分不开。年年在大都市过的那种别有一般滋味的新年，寄读者，我的话与回忆，不是痴人说梦，是真情的偶然显露，太迷恋人了。

梓室随笔

拆书小记

梅雨一帘,蒸气困人,午倦抛书,读友好近札自遣,适北京俞平伯先生寄来一通,拆罢辗转看了几遍,然而文辞之美,情意之深,怎能忘怀。俞先生自今年二月七日老夫人许宝驯逝世后,一直心境不愉快,曾填《玉楼春》一词:"家居镇日浑无那,乌兔催人驴赶磨,朦胧闻说午时餐,吃罢归房重偃卧。梦中有梦焉知可,疑幻疑真谁是我,善忘应已遣悲哀,不意无端双泪堕。"这种意境正如他三月六日来信及诗所写,"弟近日生活如在梦中,以理遣情而情不服,徙倚帷屏,时时怅触。""檀几供花篮,中有马蹄莲(人云此花新娘所执),惋彼水上仙,含苞今已蔫。"十四日信来,附一诗:"无一不慨然,无一不怅触。若云即是诗,斯亦未免俗。"宝驯夫人工诗词,善书画,能谱曲、拍曲、撅笛、操琴诸艺,与俞先生为表姐妹,大俞四岁,青梅竹马,直至八十八岁许下世,恩爱如初,谊重情长,在今日是少见的。

我今年四月间赴美国旧金山筹建中国园林归来，又因写了一篇《园林美与昆曲美》，这两件事引起了俞先生的兴趣，信中说："东西美洲名都并有我国园林建筑，乃空前之胜事，岂仅蜚声海外哉，敬致祝贺。"纽约大都会博物馆的中国庭园"明轩"是我那年去筹建的，所以东西美洲并提。俞先生夫妇都是拍曲名手，看到我将园林与昆曲相联的论点，高兴极了。上海《文汇报》刊登了我的文章，有我与俞振飞先生一照。二俞是至好，所以写道："得瞻合影，又读新篇，无殊晤谈，兼论昆曲与园林之美，以景写情，用意新妙，宜振飞之赏之也。……昆曲外游盼他日实现。"因为美国最近来华的黄琼璠教授专门到国内来研究昆曲，准备邀昆曲到美国演出，动了他的老兴。我想中国园林在国外已引起了"中国园林热"，不久必有"昆曲热"的来到。因为这姐妹行为我国古老艺术，是世界上人们所公认与喜爱的，如今越来越清楚了。

苏州马医科巷的曲园，是俞先生曾祖清末大儒俞曲园（樾）老人故居，俞先生生于苏州，十六岁才离开到北京，有着深厚的感情，前数年我提出重修该园，得到叶圣陶（绍钧）、顾颉刚以及俞先生等的联合倡议书。如今已开始修复住宅部分，俞先生将珍藏的曾国藩所书"春在堂"、李鸿章所书"德清俞太史著书之庐"的原件重描制匾，俞先生真能世守祖传，到如今完整如新。曲园（包括住宅）的全部我是经过测绘过的，图载在所编《苏州旧住宅图录》上，因此修复不难。他听说住宅已在修，兴奋地在信上说："苏州旧寓修复有望，闻明年五六月可开放，想是厅堂部分。小园当在其后，又须我兄费心擘划，何幸如之，不胜铭感。"总算老先生眷眷不忘的"曲园"在晚年能看到恢复。可惜明年俞先生无缘再与老夫人一同南下，引以为憾了。但是人杰地灵，园以人传，"德清俞先生"将永远为游览苏州的中外人士所乐道了。

1982年春

记故数学家许宝騄

去年俞平伯先生的《古槐书屋词》在香港出版，寄了一本给我，是他夫人许宝驯与弟弟许宝騄写的（许宝騄原本经其姐重摹的）。俞先生的词章我们不谈了，已有公论，即以书法而言亦绝美绝伦，姐弟皆学"十三行"，秀逸清雅，真是书香门第的产品。

许宝騄先生是我国已故的数学家，负有国际声誉，今天因为见到了新出版的《许宝騄文集》来写些点滴，乡情世谊，尽我未死之责而已。许先生字闲若，浙江杭州人，一九一〇年九月一日生于北京,一九七〇年十二月十八日病逝于北京,终身不娶。许家是杭州望族,所谓"横河桥许家",乃"五凤齐飞"(其曾祖五弟兄皆登科)的门第。父汲候名引之,是位曲学家。筑别业西湖,名"安巢",不幸在一九二四年去世于西湖"俞楼"。是时许先生尚年少,由俞平伯先生夫妇培养成长的。姐弟情深,俞夫人的文字中几难卒读。许先生初读化学于燕京大学,后入清华大学改习数学,毕业后当了清华大学两年助教,一九三六年考取公费留学英国为伦敦大学研究生,同时也在剑桥大学读书,后又兼任伦敦大学讲师,一九三八年得哲学博士,一九四〇年又获科学博士。同年回国任西南联大教授。一九四五年赴美讲学,直到一九四七年十月回国,任北京大学教授。解放后并任中国科学院学部委员。他对我国概率论和数理统计学的发展作出了重要贡献。

许俞两家联姻甚多,许先生祖父名祐身字子原,娶俞平伯先生曾祖曲园老人(俞樾)的次女,能诗,著有《慧福楼诗草》。俞先生的母亲又是许的姑母,俞夫人更是他的长姐。当许宝騄先生出国赴英留学时,老姑母以诗勉之,此诗最近我偶然间得到了,是俞调梅教授给我的。俞与许同赴英留学伦敦大学的。经过俞平伯先生鉴定,欣然为调梅书之,他这样写的:"昨从梓宝(笔者别号)兄得读尊处传示丙子（一九三六年）七律一首，云是当年吾母写赠我表弟许宝騄教授者，谨按诗中事迹神情均相合，而第三句雁行抱戚尤为明证，安巢（许汲侯）舅氏与慈闱友于谊笃，曾有巢雁序庄偕隐之约，非泛语也。"爰敬录其辞云：

炎炎六月赋西征，且把离杯付酒觥，
老我雁行常抱戚，愿君麟角早成名，
善调眠食珍长路，还冀音书寄客程，
他日壮游归故里，扁舟同载圣湖行。

壬戌夏六月　调梅先生鉴存　俞平伯

丙子年是一九三六年，距今已四十六年，一代数学家往矣，留此鳞爪。许宝騄先生并擅书法文学，能诗词，这种全面发展的人才是不可多得的。就近世浙江名数学家而论，杭州戴煦、海宁李善兰、绍兴陈建功以及健在的平阳苏步青皆能文善诗，湖山毓秀，亦非偶然。

1982年春

新发现的诗人徐志摩遗札

最近郑逸梅老先生给我看一封诗人徐志摩（1896—1931年）的遗札，是新近得到的，因为我写过《徐志摩年谱》（上海书店出版），是熟悉他的人，所以要我先睹为快。这信写于一九三一年八月六日，距离他惨死的十一月十九日为时不远。毛笔行书计笺六张，是写给当时上海报界钱芥尘的。信这样写道：

芥尘先生：方才看到这期贵报，关于我的小报告。不想像我这样一个闲散人的生活行踪也还有人在注意，别处的消息我也曾听到一点，多谢你们好意为我更正，但就这节小报告也还是不对，现在既经一再提到，我想还是我自己来说明白，省得以讹传讹，连累有的朋友们为我担忧。关于我的行踪，说来也难怪人家看不清楚。在半年内我在上海、北平间来回了八次，半月前在北平，现在上海，再过一个半月也许不在北平了！我是在北京大学教书，家暂时还没有搬，穿梭似来回的理由是因为我初春去北平后不多时先母即得病，终于弃养，我如何能不奔波。关于我和小曼失和的消息，想必是我独身北去所引起的一种悬测，这也难怪。再说我们也不知犯了什么煞运，自从结缡以来，不时得挨受完全无稽的离奇的谣诼，我们人都老了，小曼常说，为什么人家偏爱造你我的谣言？事实是我们不但从来未"失和"，并且连贵报所谓"龃龉"都从来没有知道过，说起传言，真有极妙的事，前几天社会日报也有一则新闻说到我夫妻失和，但我的夫人却变作了唐瑛，我不知道李祖法先生有信去抗议了没有。

此颂

大安

徐志摩八月六日

这年阴历三月初六日，徐志摩老母钱太夫人病逝硖石老家，享年五十八岁。南归居家写过《诗刊》二期前言。在八月间出版的《猛虎集》自序中说："今年在六个月内，在上海与北京间，来回奔波了八次，遭了母丧，又有别的不少烦心的事，人是疲乏极了的。但继续的行动与北京的风光，却又在无意摇动了我久蛰的性灵。……"何家槐《徐志摩先生》一文也同样写道："他最爱的是娘，她的死给他很大的痛苦。"这些都与这封信互相可以参证的。而且又是写的时间在死前不多时。书法北魏张猛龙，神韵极佳，对研究徐志摩是一份可贵的材料。陆小曼一九六五年四月三日病逝于上海华东医院，年六十三岁，她生于一九〇三年农历九月十九日。唐瑛女士现在亦八十开外的人了，记得一九七八年冬我去美国纽约，她在家招待我吃过一顿饭，有贝聿铭先生作陪。李祖法先生亦健在。畅谈到半夜才回旅邸。她与徐志摩前妻张幼仪女士居处甚近，是时相过从的。

写于1982年7月

人间爱晚晴

初夏的秋霞圃,游客渐渐稀少了,平静的池水,宛若镜面,照影清浅,高树浓阴,天是开始骤热了。然而水殿风来,凉爽得叫人依恋。在这样的意境中,我又添上一段谁也没有的赏心乐事。我在这园景中,享受了俞振飞老人的曲情。可以说此生难忘啊!

那天早晨俞老与李蔷华夫人,驱车来我家,要我同去嘉定,在秋霞圃观看他摄录像《牡丹亭·拾画》一折,这样的诚意,我欣然应命了。车抵园中,他的门弟子蔡正仁、储芗等都恭候着。小休后,进了餐,我却朦朦有些午倦了,倚阑小睡"惊梦"去了,而俞老呢,静坐着化妆,等我"梦回莺啭",他已是一位翩翩少年,谁也认不出八十八岁的高龄。我在他身前,浮起了五十年前他风华正茂时的剧相,虽然半世纪了,我还能见到老梅乍花的神韵,我又重复了那句上月他在豫园古戏台演毕后的"花好月圆人长寿",他哈哈地笑了,这笑声中蕴藏了我们数十年的深情厚谊,没经过漫长岁月的人对此是不会理解的。

《拾画》的录像是在竹林中山石旁拍的。我站在池边，乐声响了，疏影匀动在淡妆上，随着歌喉的清亮婉转，身段手势表演得那么妥帖脱俗，在中间只可说是中国书卷气的溢露。中国园林称文人园，文人园中就只有像俞老这样的高深术，才能两者互得其美，曲美景美情美。我明白俞老要我这"知音"同去，他是深解我的人。

在演到"画尽珉玕"这句唱词时，那种对着竹上题辞的神情，拾到画后以水袖拂卷的动作，太雅致了。这种神情，在我老一辈当时游园品画时见到过，如今恍如旧梦，多亲切啊！我在俞老身上，仿佛看到了历史的重演，这历史是文化史、艺术史、风俗史……

演毕了，俞老坐在藤椅中，看上去困顿极了。周志刚等四位门人抬回化妆室稍事休息，半天的录像真可说用尽平生意了。俞老曾对我说过，他不论演长短戏，都是把所有的精力用上了，才能有好成果。我虽不能演戏，但用他的话，应用在我的业务上，多少年来受用不穷，因此我们谊在师友之间。

"天意怜幽草，人间爱晚晴。"向晚的园林，明净得一尘不染，斜阳将亭台花木勾勒出清润的画面。看俞老那称意而飘逸的人情，李蔷华夫人轻抚着他，信步出得园来，他回首园门,露出了依依之感。可惜没有收入镜头,这戏外之戏,不知当时有几人能欣赏到呢?

                            1989年6月29日

我的第一本书
——《苏州园林》

我的第一本书,本应指我最早写作的。然而像我这种兴趣多方面的人,最初写的书并不是我的本行,例如《徐志摩年谱》,完全是一次感情的冲动。还有一些零星的建筑书籍,也不过仅是偶然资料的搜集。如果正式写书的话,那应该算《苏州园林》了,这是一九五六年完成的。也是解放后研究讨论苏州园林所出版的第一部书。

五十年代初,我在上海同济大学建筑系任教,同时又在苏州苏南工专兼课。我苏州的课是在星期六的上午,我星期五晚车去苏州,住在观前街附近旅馆中,第二天清晨去沧浪亭该校上课。午梦初回,我信步园林,以笔记本、照相机、尺纸自随,真可说:"兴移无洒扫,随意坐莓苔。"自游、自品、俯拾得之。次日煦阳初照,叩门入园。直至午阴嘉树清园,香茗佐点,小酌山间,那时游人稀少,任我盘桓,忘午倦之侵人也。待到夕阳红半,尽一日之兴,我也上火车站,载兴而归。儿辈倚门相待,以苏州茶食迎得一笑。如今他们的年龄，正与我当年相仿佛。《苏州园林》前年在日本再版了，都已经是第二代了。

我这样每周乐此不疲，经过几年的资料累积，与所见所想，开始写我的文章。我的这些立论，并不是凭空而来，是实中求虚，自信尚有所据者。情以游兴，本来中国园林就是"文人园"，它是以诗情画意作主导思想的。因此在图片中，很自然地流露出过去所读的前人词句，我于是在每张图片上，撷了宋词题上。我将一本造园的科技书，以文学化出之，似乎是感到清新的。书出版后，受到了读者的赞誉好评，但一九五八年却因此受到了批判，说我士大夫的意识浓厚，我只好低头认罪，承认思想没有改造好，可是事隔近三十年，在文理相通的新提法下，创造诗情画意的造园事业中，我当年的"谬举"又为人所称颂了。"含泪中的微笑"，在我第一本书中，有着这样不平凡的经历啊！

我从这第一本书后，虽然留下过一点"疮痕"，但并没有气馁，我仍坚持着我的写作，到如今更有了新的发展。在这里我体会到，对一个为学的人来讲，毅力是最大的动力，世界上没有平坦的道路，方向正确后，在于你有没有勇气走。如今我每见到这本《苏州园林》，总是别有一番滋味，"我有柔情忘不了，卅年恩怨尽苏州。"我想这样来讲，我的感情还是真实的。

近三十年的年华过去了，我也垂垂老矣，然而"天意怜幽草，人间爱晚晴"，我还应该继续发挥余热，能为社会主义祖国文化事业，再写几本书，我这样地期望着。

1985 年 1 月

贝聿铭与香山饭店

是一个初夏的时节，松林葱郁，榴花绚烂，我住在旧香山饭店两个月。那是一九五九年的事了，我安静地在这山间编《中国建筑史》，清晨傍晚都要上山顶"鬼见愁"去下瞰全景，可是向我们的住所一望，真是杂乱、颓败，那一排排的简陋平房，实在与香山风景不相称。因为这旧饭店原是当年国务总理熊希龄退休后，与他新夫人毛彦文所办的香山慈幼院院址，根本不是留客、休养之所。它迟早总有一天要改建的。我常常这样想。

一九七八年冬贝聿铭先生从美国到上海来访我，谈了许多中国园林与民居问题，又看了许多苏扬等地的园林民居而归。接着我因为筹建纽约中国庭园"明轩"去美国，在他家又继续讨论这个问题。他兴趣真浓啊！我返国后次年四月他又约我到北京，告诉我他正在设计香山饭店，要试图以中国民族形式来表现。于是同上香山，从地形、建筑位置、庭园设想，以及树木保存等，都做了细致的分析与研究，方才知道前些时间他早在为设计香山饭店作长期准备了。

"一别重来廿五年，香山秋色倍增妍。须知'补笔'难于画，不信前贤胜后贤。"这是十月十七日在香山饭店开幕式上颂诗五首之一。重来廿五年即是指五九年的事了。因为当时住得较久，亦看得较清楚，这次再到，香山依旧，景色增妍，贝先生几乎花了半天时间陪我参观，又很谦虚地与我商量，希望庭园装点得更精致一些。我们同吃了午饭，一起会见了记者们。记者问我："你对香山饭店从建筑角度来说有什么看法?"我说："雅洁明静,得清新之致。"正如宋人的一首词，是那么的耐人寻味。贝先生笑着说："陈兄,你概括得真好，你坐在我旁实在好极了。"引起了大家的笑声。

近年来有人对建筑，仿佛高层是个最节约最现代化的，贝先生对此和我谈得很多，他对这样简单的看法是不赞同的，因此他在香山饭店的设计上试图阐述他的园林化的旅游建筑观点。我是搞建筑教学与理论研究的。可以说风景区的建筑总希望"宜隐不宜显，宜散不宜聚，宜低不宜高，宜麓不宜顶（山麓），等等"（见拙著《说园》）。但是做起来那真不简单，既要因地制宜，又要符合现代化功能，更须有民族风格和艺术效果……这样那样都要表现在

陈从周与贝聿铭

一座建筑物上，使人可以住、可以游、可以观、可以想。它要有诗境的恬适，画境的悠闲。我说香山饭店是做到了在于可以留客，这是重在"留"字，它不是暂作栖身住一天的客舍。

"相看好处无一言。"人的思想感情到了这个程度是默化了。在香山的几天我总在想，我也算到过欧美的人，国内也算跑得多了，然而我没有住下能使我无"客情"的旅馆和饭店，这山间的几日小住，使我不想做诗而写下了不少诗篇，我那句"老来清福何曾减，我住香山第一人"，博得了人人赞美，我也引以自豪，我更充分表达了我与贝先生，及负责香山饭店建造的郑介初先生的友谊情分。

"择境殊择交，厌直不厌曲"，这两句话可为贝先生做人与设计作写照，他在和人的交往上，是那么开朗爽直，我们之间有很深的友谊就是没有存在着任何的隔阂。可是他的设计呢，又在曲字上下尽功夫，以香山饭店而论，它的选境真是群峰怀抱，一水中分，秋叶若醉，溪山如画，而古老的流杯亭遗址，又保存得何等巧妙，如果上巳清明，我们仿晋代王羲之兰亭修禊故事，在亭中列坐其次，流杯以饮，则何等的风雅啊！玉楼回抱，高低参差，小院错落，穿插妥帖，人临其间，往往迷途，一个风景区的建筑就是要具备这种变幻巧妙的手法。花厅的环楼，如果厅中演戏的话,那四周岂不是最好的听歌之处吗?这是中国传统园林剧厅的运用,不意于此得之。中国园林讲"借景""对景",注重"隔"的一些处理,贝先生几乎都用上了,它的效果是"空灵"。"空灵"二字是中国艺术上最高的境界,如果人不亲临其境是无法体会的,所以宋代欧阳修有句话:"宜其览者自得之",尤其四时之景无不可爱,朝夕之情,分明不同。中国古代园林,有张灯的盛会来观赏夜景,贝先生在香山饭店庭园中也添置了灯的设施,这些灯是见光不见灯,而建筑物上又见其灯而淡其光,这样山影、水影、灯影、花影、帘影、人影虚实交错,无异古画中的"仙山楼阁",这些又岂匆匆一游所能享受到的。

唐代王勃登滕王阁,兴来作赋,有"物华天宝,人杰地灵"之句,我来香山有此同感。但愿明年春日,与贝郑二先生重临其地,再作清游。"花下忘归因美酒,樽前劝饮是春风"。想来又是另一番佳景了。

陋室新铭

唐代刘禹锡写过一篇《陋室铭》千古绝唱,他那两句"苔痕上阶绿,草色入帘青"的句子,我分别用以名我的三本散文集,《书带集》《青苔集》《帘青集》,书带是草名,因为长长的叶子,过去人为之取名叫书带草,从这意境中,可以想象到我的书斋也不会富丽与现代化到何等程度了。所以命名为"梓室",匠人所居也,叶圣陶先生题了额。"君子固穷",自命为读书人当然穷,这几天西瓜快一元多一斤,我身为"教授"已到见瓜生畏的地步,万一有幸,能啃上几块西瓜皮,说几句大话也满足了,如今没有西瓜皮,也居然在陋室中说起"大话"来了,百无一用是书生,书生恋恋于书斋,写一天稿子,所得还不如校门口的卖茶叶蛋者,真是"前世不修今世苦,今世修修没功夫"。深悔不去经商发财,书箱没有决心抛掉它。还在博一点蝇头小利,望眼欲穿来等几十元稿费,小青年说这数目是毛毛雨,连吸几支毒(香烟)也要算一算了,如今这书斋对我来说,有些怨了，然而怨而不怒，诗教也，批判孔老先生还不够彻底。

近来西瓜皮也快啃不到，"大话"也少说了，说了刺激人家，"爱生毛羽恶生疮"，谁都欢喜听奉承话，敲背按摩是最时髦的医术，它能讨人欢喜，我也曾经想过，我的书斋改为敲背按摩室，我也何至于如此，几只书箱，改为冰箱，卖卖冷饮，亦可小康，挂块斋额为"冰箱传家"比"书香传家"现实得多。

从前人说在书斋中，"我与我周旋"，是自得其乐之处，如今我也许神经不正常，有点感到是自得其苦之地，对书斋来说，似乎没有什么前途，人家说我们"光着屁股坐花轿"，屁股虽光，还有花轿可坐。而我的陋室说也可怜，门前养花花被偷，养鸟鸟被窃，如今唯一的知己，就是梁谷音送我的几卷昆曲录音带，它却是我苦中寻乐唯一的安慰品了，昆曲词句美，节奏慢，有书卷气，谷音的唱腔正如闲云野鹤，来去无踪，信步园林，风范自存，我在书斋中可说知己了，我有时血压要高，想不到昆曲的音韵有时对降血压还起着微妙的作用。对不起，邻舍迪斯科的噪音，却往往促使我血压的上升，也许我厚中薄外，是个老化了的人，新事物接受太慢，但我总觉得我是中国人，应该热爱自己的传统文化。精神因素可以化为物质因素，我这陋室中，也变成为保健所了。

我仍然爱我的陋室，读书其间，作画其间，写作其间，听曲其间，歌哭其间，乐于斯，悲于斯，吾将终老于斯，作新陋室铭以记之。

缅师怀友

寻师得师记

一九八一年八月五日，我在文汇报《教育园地》撰写了《永康访师记》一文。我在文中提到了胡也衲、王垣甫两位老师，因为王先生的下落一点也没有，十分怅然。可是此文流传出去之后，没几天，每日都有从各地来的信，王老师亲友、学生告诉我，王先生还健在，已是八十九岁高龄了，现住浙江金华。八月十日，我又意外地收到王老师的一张近影，与王老师口授他侄子受之同志写的一封挂号信，内中说："我伯父看到这文章后，老泪满眶，激动得夜不入寐，嘱我先写封信谢谢你对他的悬念。"我看了照片与信，真是如梦如幻，欣慰与激动的感情相交织，往事历历起伏，一时都涌上了心头。虽然王老师近九十高龄，已非五十年前的那幅壮年景象，然而精神还是那么好，严肃中带着慈祥。他的容貌仿佛仍是我做学生的时代给人的印象。

说起王老师真是可敬啊！他是有名的数学老师，从南京高等师范毕业后，似乎不久便到了我求学的那所中学教书，真是勤勤恳恳，诲人不倦。我的数学成绩差，但我至今不抱怨他，而是感激他。他除专业之外还教了我怎样律己，怎样认真读书、做学问。他那种一丝不苟，清晰有条，负责教书的精神，十分感人。我的老同学龚雨雷同志与我同在一起教书，谈论时大家总是怀念着王老师。他要求严格，练习本上的习题，"+、-、×、÷、="之类，也要三角板画，不能徒手，学期终了要抄成洁本呈交，然后每题再改正发还。他教的用器几何画，那黑板上的粉笔示范图，多美丽与精确啊！平时晚间，他为我们答疑，往往在他房中（那时王先生的前夫人已过世，他带了长子泽民住在宿舍内），从七时开始，口手不停地讲解到我们宿舍熄灯，真是情真意切。有时他也要骂我们几下，但骂后又孜孜不倦地解答了。他在学校中很有威望，校长程耿先生器重他，教师佩服他，学生称赞他。我们这些十几岁的小青年贪玩，夜间自修，要老师监课。老师是每周轮换的，当王老师值日这一周，我们都很安静。他在一边为学生答疑，仍如他在宿舍中所作的那样心思专一。而我们呢？埋头看书，动也不敢动。自修课铃响了，他不走，我们也不敢走。最令人难以忘记的是，有一次，王老师有事暂离自修室，而我们呢，一个也没抬起头来，直到下课钟响了，大家才静悄悄地回宿舍去睡。写至此，我想，假如今天能重温这样的美梦，以我们白头师生教学的情景，来示范教学一次，那才真有意思哩！这对当前如何提高教学效果或许有些启发吧。

解放后，王老师在家乡教书，以他一贯的负责精神，一九五四年在义乌中学（属金华地区）被评上模范教师。一九五五年调到金华师范学校任教。后来他年老退职了，生活很清苦。然而像这样一位方正严明，学识深渊，对教育工作极端负责的前辈，退休的教育家，如今眼睛不花，耳朵不聋，想来对下一代的教育工作者还能有所指导。我颇希望有关部门能对这位老人关怀一下，这对我们的教育事业是有好处的。

"桃李遍天下，辛苦感园丁。"王老师，希望你在党与政府的亲切关怀下，愉快地度过晚年吧！

一九八一年八月二十日写

记徐志摩

世事沧桑五十年,渐盈白发上华颠;
遗文佚史搜堪尽,含笑报君在九泉。

泪湿车窗景转迷,开山斜日影低垂;
招魂欲赋今谁笔,有子怀归在海西。

诗人逝去知何许,倦鸟投林尚有还;
南北哪存清静土,硖川无份况开山。

(硖石又名硖川)

今年春天,我从山东淄博市开会南归,车经济南市附近党家庄车站,党家庄三个字触动了我,五十年前诗人徐志摩就是在这车站附近开山(小地名称白马山)坠机惨死的。我详细审看着山势,想得很多,车轮辚住轨道,轰轰地一直向前驶,不知道是车轮,还是光阴,渐渐地看不到开山山脉，口吟了这三首小诗，总算是五十年后尚有这个小弟弟在怀念着。

志摩的一生，我在一九四九年八月为他编印出版了《徐志摩年谱》，及时地记录了下来，但毕竟是年谱，因为有关体例，若干事是写不进去，更有许多是他死后的事，如今有必要来谈一谈。

我们叙述志摩的生平，家庭关系对他来讲，有应该说明的必要。志摩父申如先生，是我妻蒋定的舅舅，又是我嫂嫂徐惠君的叔叔，我是由我嫂嫂抚育成人的，因此有着双重戚谊。申如先生活到七十三岁，比志摩要迟去世十三年。他是一位民族资本家，思想比较开朗，在本乡浙江海宁县硖石镇，除了主持经营了旧式的徐裕丰酱园、裕通钱庄、人和绸庄等外，最重要的是创办了蚕丝厂、布厂、硖石电灯厂，还有双山习艺所等，在浙江与上海的金融实业两界，也参加了一些事业，他任硖石商会会长的时间较长。硖石是个米丝集散地，商业繁盛，要振兴地方必先开发交通，本来沪杭铁路是过嘉兴直接南向杭州，该路的兴建是商办的，申如先生是集资股东之一，他力争要铁路东弯路过硖石，当时地方上一些落后保守势力，坚持反对这种做法，曾经结队捣毁过他的家，但是铁路并没有因此而改道。今日硖石已成海宁县治，沪杭线的重要城市，工商业日益发达，是与铁路交通分不开的。

志摩是长孙，又是独子，老祖母与母亲又疼爱他，但为父的申如先生，对他教育没有放松，从小即送到杭州去念中学，接受新式教育，毕业后去北京上学，又送出国深造，在当时来说思想还是维新的。

志摩少年，真可说书生意气，挥斥方遒，少年的文笔很像梁启超先生，无怪后来拜门为弟子。在硖石开智小学求学时，写过《论哥舒翰潼关之败》的短论（文见拙著《徐志摩年谱》）。不但古文写得好，书法也秀劲，不信出于一个十四岁的小学生。他书法学北碑张猛龙，有才华，自存风格，在近代文学家中是少见的。在杭州府中学（后改第一中学）时，又发表了《论小说与社会之关系》《镭锭与地球之历史》，思想是前进的。最重要的一篇文字，是我从他堂弟崇庆那里得到的。一九一八年夏出国留学时所写的《徐志摩启行赴美文》，白报纸用大号铅字排，印成经折式的启文，后来我把他全文刊入《年谱》中，成为海内外研究志摩的重要资料。激昂慷慨，真是一个爱国忧民的热血男儿。文中如："耻德业之不立，遑恤斯须之辛苦，悼邦国之殄瘁，敢恋晨昏之小节。刘子舞剑，良有以也。祖生击楫，岂徒然哉？""时乎？时乎？国运以苟延也今日，作波韩之续也今日；而今日之事，吾属青年实负其责"之句。到了美国，在日记上写着："大目如六时起身，七时朝会（激发耻心），晚唱国歌，七时半归寝。日间勤学而外，运动、跑步、阅报。"当第一次世界大战结束，日记上又写着："……方是时也，天地为之开朗，风云为之变色，以与此诚洁挈勇之爱国精神，相腾嬉而私慰。嗟乎！霸业永诎，民主无疆，战士之血，流不诬笑。"正写出了那时一位爱国留学生的纯洁心胸。他对梁老师是崇拜的，日记中屡屡提及："读梁先生之《意大利三杰传》，而志摩血气之勇始见……而先生之文章亦夭矫若神龙之盘空，力可拔山，气可盖世。"这对青年志摩是起很大影响的。这些早年的日记，记得是一九四七年我在徐家（上海华山路范园徐宅，此屋是志摩殁后所建，以前所居之屋为借张家的），与志摩离婚的夫人、后来志摩父亲认为寄女的张幼仪在聊天中，她从抽屉中拿出一张志摩签名照与两本用连史纸毛笔写的本子，上面写着《志摩随笔》《志摩日记》，前者下署"谔谔"两字，她对我说："你拿去吧！你对他有感情。"其中一部分是信稿，如上梁先生书之类，一部分是日记，再有一些是读《楚辞》与《说文》的札记。他骈文写得很好，可惜无传，从这些笔记中看出他是下过功夫的。我曾将这两本中较完整的篇段整理了出来，刊登于上海报刊上，以及引入《年谱》中。原稿惜已不存，如今还保存了几页白纸残页，每一展及，辄为黯然。

志摩爱朋友若性命，他死后有人说他是"人人的朋友"，对家人亲戚亦非常热情真诚。其交游之广，一方面是与家庭有关，他父亲是有相当社会地位，接触面广，另一方面亦由他自己个性使然。我曾经作过不完整的统计，真是"士农工商"，"贫富咸宜"，这些广阔的交游中，对他的创作是多少有些关系的。他用硖石土白做的诗，运用了他家乡下的农村词汇，他住在硖石东山三不朽祠时常与要饭的一起抽烟谈天，请他们吃饭。他在性格上既存有很多旧道德，也充满了外来的新思想。虽然后来在婚姻问题上，父子间有了隔阂，但对老人家，还是尊敬的。他蔑视做阔少爷，宁愿提着皮包，南北奔走，过着清贫的教书生活，钱不够用，也不向父亲及老家要，以至于乘不花钱的飞机而送了命。当噩耗传到他老父时，申如先生凄然叹道："完了！"这两个字中包含了父子间几多复杂的感情啊！此后内外之事都交给了张幼仪去管，希望寄托在唯一的孙子积锴（幼仪生）的身上。

志摩的朋友中，有比他长一辈的，他敬爱姑丈蒋谨旃（钦顼）先生，志摩称他为"蔼然君子"，向他问学，回到硖石每天总在姑母家。谨旃先生从弟百里（方震）先生，虽然与志摩同为梁启超先生门人，然总用百里叔或福叔称之，私交极厚。友人叶公超的伯父恭绰先生，林徽因父亲长民先生，以及蔡元培、章士钊、张宗祥等诸先生，都是既尊敬又有友谊。尤其林长民先生之死，他那篇《哀双栝老人》真是天下哀挽文极则。一九三四年十一月林徽因从浙江宣平与梁思成同北返，归途火车停硖石站，"凝望着那幽暗的站台，默默地回忆许多不相连的过往残片……如果那时候我的眼泪曾不自主地溢出睫外，我知道你定会原谅我的心情"，写下了《纪念志摩去世四周年》一文（写于一九三五年十一月十九日，发表于一九三五年十二月八日天津《大公报》），同为千古绝唱。她又建议要设"志摩奖金"，来继续鼓励人家努力诗文的意志。童寯后来告我：一九三一年秋志摩到沈阳东北大学，与恩成、徽因一二日小聚后，南归不久便坠机丧生。诗人短命，如拜伦、雪莱、济慈，都不过活到廿六、卅六之间，也并非天年，实文学史上令人怆然一段。《纪念志摩去世四周年》一文中提到她过硖石，那年思成到浙江宣平看元朝古庙，夫妇俩在上海和赵渊如（深）、陈直生（植）与我见了面，竟日盘桓，她总是谈笑风生，滔滔不绝，一次突然哑口无声，直生问："你怎么不讲啦？"她答："你以为我乃女人家，总是说个不停吗？……"可证她经过志摩家乡与志摩埋骨地后的心境，促使其以后迸出那篇名作。志摩的两本英文日记，徽因告我她一直保存着，她死后，我问思成新夫人林洙，说是遍找无着。如果她女儿梁再冰拿去，但愿仍在人间。小曼死后交我的那一批凌叔华写给志摩的信，系用仿古诗笺来写，笺上画着帘外双燕，书法是那么秀逸，岂仅文字之美而已。志摩死前晚，在杨铨处留条，是为最后遗笔，杨为精裱并加长跋，小曼将原件照片给我，惜今已失，惟文字已录入我编的那本藏在北京图书馆的增订本中。这些足证其友朋之间的交谊，胡适、闻一多、张奚若、梁思成、金岳霖、杨振声、梁实秋、张慰慈、徐新六、郁达夫、蒋复璁、张歆海、杨铨、余上沅、方令孺等的关系，在他们写的哀挽的文章中，都表达了真挚的感情，比他小一辈的学生，如卞之琳、陈梦家、赵景深、赵家璧、何家槐等，在志摩培植下，皆成为知名的学者或文学家。而与沈从文谊兼师友，受他的一手提拔，如今八十高龄，每与我谈及往事，辄老泪纵横，我怕触动过多，常常"王顾左右而言他"，他为我所编写的《年谱》，在志摩后期的生活中，作了一些补充，过誉了对这书的评价,说在材料与编排上，下了极大的功夫，如果那时不收集整理，现在已无法编写了。

　　志摩不乞于富贵之门，在当时他的亲戚朋友中，着实有些阔人，他前妻张幼仪的两个哥哥张君劢与做中国银行总裁的张嘉璈(志摩与幼仪结婚时,张嘉璈任督理浙江军务朱瑞之秘书),以及部长朱家骅、蒋梦麟、次长郭有守等。蒋梦麟任教育部部长,聘他当司长不就。而另一方面,胡也频烈士在上海龙华就义,沈从文与丁玲乔装夫妇结伴去湖南常德,他冒了危险资送了全部川旅费。他有正义感,爱真理,爱好人,有诗人"赤子之心"。

志摩在国际学术交往上是频繁的,他被选为英国诗社社员,"笔会"中国分会理事,印度老诗人泰戈尔与他最是忘年之交,还有英国哈代、赖斯基、威尔斯,法国罗曼·罗兰等等。他自己曾写道:"我这次到欧洲来倒像是专做清明来的,我不仅上知名的或与我有关系的坟,(在莫斯科上契诃夫、克鲁泡金的坟;在柏林上我自己儿子的坟;在枫丹薄罗上曼殊斐尔的坟;在巴黎上茶花女,哈哀内的坟;上菩特莱'恶之花'的坟;上凡尔泰、卢骚、嚣俄的坟;在罗马上雪莱,基茨的坟……)我每过不知名的墓园也往往进去留连,那时情绪不定是伤悲,不定是感触,有风听风,在块块的墓碑间且自徘徊,等到斜阳淡了,再计较回家。"(《欧游漫记》)这真是杜甫所写的"不薄今人爱古人"。而志摩自己的死与他的墓葬呢?说来也惨。

志摩的死,沈从文知之甚详。他写给赵家璧信中(也有同样的记录给过我），有这样的一段话："记得徐先生在山东遇难，得北京电告时，我正在杨金甫（振声）先生家中，和闻一多、梁实秋、赵太侔诸先生谈天，电文中只说'志摩乘飞机于济南时遭遇难，（张）奚若，（张）慰慈，（金）龙荪（岳霖），（梁）思成等，拟乘×车于×日早可到济南，于齐鲁大学朱经农先生处会齐'，使大家都十分惊愕，对电文措辞不易理解。我当时表示拟乘晚车去济南看看，必可明白事情经过。大家同意，当晚八点左右上胶济路车，次日一早即到达，去齐鲁大学，即见张奚若先生等也刚下车不久，此外还有从上海来的徐大公子（积锴）。据经农叙述，才知道已由济南中国银行一工作人员（陈君），为把徐先生尸身运到，加以装殓，拟搭晚车去沪。大家吃了早饭，即同去城里一个庙里探看。原来小庙是个卖窑器的店铺，院子里全是大小成堆的坛坛罐罐，小庙里边也搁下不少存货，停尸在入门左边贴墙一侧（前后全是大小钵头）。银行中那位上海办事人，极精明能干，早已为收拾得极清洁整齐。照当地能得到的一份寿衣，戴了顶青缎子瓜皮小帽，穿了件浅蓝色绸子长袍，罩上件黑纱马褂，致命伤系在右额角戳了个李子大小洞，左肋下也有个同样微长斜洞，此外无伤。从北京来的几个熟人，带了个径尺大小花圈，记得是用碧绿铁树叶作主体，附上一些白花的（和希腊式相近）。一望而知必思成夫妇亲手做成的。大家都难料想生龙活虎般的一个人，竟会在顷刻间成了古人，而且穿了这么一份不相称的寿衣，独自躺在这个小庙中一角，不免都引起一点人生渺茫悲痛。大家一句话不说，沉默在棺旁站了一会，因为天已落雨，就被经农先生邀回校中。听银行中那个办事人谈了些白马山地势和收殓经过，才知道事实上致命伤只两处，和后来报纸传说全身焚化情形不合，因为当时已商定由张慰慈和徐先生大公子随棺于晚十点南下，其他几位北返，我也在当晚回青岛报告情形。至于徐先生生前那么匆匆南下，又急于北旋，都是在一年后，我到北京时，住在胡适之先生家里楼上（即志摩先生生前住处，胡家中人不敢住），半夜里胡先生上楼来和我说起的。徐南去，主要因小曼不乐意去北京，在上海开支大，即或徐先生把南京中央大学和北大教书所得薪金全寄上海，自己只留下三十元花销，上海还不够用，因乘蒋百里先生卖上海愚园路房子时，搞个中人名义，签了个字，得一笔款给小曼，来申多留了几天，急于搭邮件运输机返北京，则因为当天晚上林徽因在协和小礼堂为外国使节讲中国建筑艺术，急于参加这次讲演，才忙匆匆地搭这次邮运飞机回北京。到山东时（白马山只隔济南廿五里）因大雾，飞机下降触及山腰，失事致祸，一切都这样凑巧，而成此悲剧，不仅为当时亲友为此含悲，抱恨终身，以国家言，也是一不可挽救之大损失。"梁思成从济南回北京，捡了志摩乘的飞机残骸木板一块，林徽因挂在居中作为纪念品，直到一九五五年四月一日林死为止。志摩死的上半年农历三月初六，母亲去世硖石，徽因正在病中，寄给志摩一张她在病榻中的照，背面还题上了诗。他偷偷地给我妻看过。徽因祖曾任海宁州知州，母亲嘉兴人。

志摩殁后葬在硖石东山万石窝，据张幼仪对我说，棺运到上海万国殡仪馆，有人提出重殓，她竭力反对而没有惊动遗体，那么志摩仍是用原殓的服装入葬的。一九四六年春积锴母子归葬其祖申如先生于志摩墓旁，且请张宗祥先生书碑，文曰"诗人徐志摩之墓"。我参加了这次仪式。所以延到后来才立碑，因等凌叔华所书碑文不就。一九四八年冬我最后一次去志摩墓，并拍了一些照，同时他的故居新旧两宅也入了镜头，这些皆刊于《年谱》中。一九六六年"文化大革命"开始，乡民因为听了误传，说志摩堕机后，头是没有了，他父亲换了个金头，要想挖金子，遭到了暴尸的惨遇。那时他的蒋家姑母，我那老岳母已近九十高龄，尚健在硖石，待她说明已来不及了。其老父之墓，越数年亦被毁。现附近西山白水泉旁的次子德生墓尚在。

写到此使我联想到志摩老友"同学同庚"的郁达夫，

我去年到富阳参观了他的故居，达夫长子天民招待我，知道中外的朋友去得很多。志摩硖石故居希望能整理保存，修复墓园，正如他在国外参观名人故居与坟墓一样，能给中外人士流连怀想，也许是件有意义的建议吧！

人的感情有时有些莫名其妙，志摩死的那年我才十四岁（实际不足十三岁），正在中学教科书上读他的那篇《想飞》，背诵着"飞其翼若垂天之云……我们镇上的东关乡"等句。从这篇文章带入了我爱好他作品的境界，引起了我翻找家中藏有的其他作品，说也奇怪，不知什么力量，鞭策了我要想将来为他写一篇传记的心，开始时我在亲友中进行些了解。自从我与他的表妹蒋定结婚后（结婚证书上介绍人还是写上徐积锴），与徐家往来更加频繁。再加积锴夫人张粹文随我学画，她婆婆张幼仪亦一起来挥挥毫，经常在他家中。再说小曼，自从志摩死后，渐渐地也只有我这个近亲去看她。我从这两个方面得到了许多第一手资料，如照片、家书、手稿等等。而最可感激的是他堂弟崇庆，他爱收藏，将徐氏家谱、信件、少年文稿、出国启文等都交给了我。志摩堂侄启端手抄的志摩哀挽录我也得到了。这样日积月累，原始资料渐多，再参以书籍报章上刊有志摩生平的材料，已非传记所能包容，于是排比成了《年谱》的初稿，这已是一九四七年的事了。但发现其中还有许多在编年上不够充实的地方，还需要补充。又访问了许多与志摩有关的人。他的同学大夏大学同事董任坚把收藏的中学、大学校刊出借给我，又作了口头的补充。中学时候的校长钱均夫先生，乡人张惠衣，他的学生赵景深，以及徐悲鸿、李彩霞等皆给我以切实的帮助。晨抄暝写，居然到五月间基本完成，托小曼与张惠衣看了一遍，并请张宗祥先生署了签。在极困难的岁月中付了印，完成了一次感情冲动的行动。不料这书后来流传到海内外，作为研究志摩的重要资料，且海外并据此而重编年谱。幼仪和积锴母子最近收到我写的《年谱》，幼仪从美国来信又说："从周弟：非常感激你，为了志摩的年谱，费心不少，多谢！多谢！"我前几年为纽约大都会博物馆筹建中国庭园"明轩"去美，旅馆正靠近她家，我们见到了多次。每次谈得很夜深，当然其中还是涉及志摩生前身后的事为多。如今积锴也六十四岁了，子女孙辈都在海外，人到了一定年纪，当然有思乡的情绪。回忆我当他解放前去美的时候，我感到他父亲的一些照片，日久要淡色，为了使他在海外永久留作纪念，我请胡亚光画师画了志摩头像，并恳张大千师补了衣褶加上了题字，交他随带了去国，如今国外所刊登的这张像，其来源是如此。前几天幼仪又来信说："从周弟爱摩之心，胜过儿孙辈。我去年跌了跤，三个月未出大门……到了八十二岁，就是不跌也有行走困难之事。总算自己尚可料理自己一身，就是不知维持几久而已。"流露了老年人寂寞之感。

小曼一九六五年四月三日病殁于上海华东医院，她生于一九〇三年农历九月十九日，居然也活到六十三岁。小曼自志摩死后，几乎与徐家断绝关系，从不过问徐家的经济。她公公给她的那张由胡适、徐寄顾、徐新六作证明每月付二百元生活费的笔据也不要了，交给了我去保存，因为她早不去拿钱。她曾去硖石上过志摩坟，做了这首诗："肠断人琴感未消，此心久已寄云峤，年来更识荒寒味，写到湖山总寂寥。"跋云："癸酉（一九三三年）清明回硖石为志摩扫墓，心有所感，因题此博伯父（徐蓉初先生）大人一笑，侄媳小曼敬赠。"此后，身体很坏，但常对我说想再去硖石上志摩坟。临终前还希望我帮助她葬到志摩墓旁，人之将死，其言也善。在志摩生前，小曼不肯去北京，外间流言多，有人劝志摩与她离婚。志摩说，如果离了婚，她就毁了，完事了。小曼在这点上是感志摩德的。

最后就拿小曼所编《志摩全集》这件事作此文结束吧，小曼在弥留时嘱咐她的侄女陆宗麟，说离世后将志摩的一些遗物交我保存,其中有她编的《志摩全集》排印样本及纸版,梁启超先生的集宋词长联,以及一些她与志摩的手稿,还有小曼自己画的那张山水长卷,堕机时未毁的纪念品,有胡适、杨铨等的长题。我含泪接受了这些遗物,在四顾萧然的房中,只留下了她与志摩当年同写作的那张大写字台,不久此屋就要易主,我悄悄地别了,留下的是"人去楼空,旧游飞燕能说"的寂寞伤感的情绪。我当时在想,这些东西怎么办?如何保存下去?自己留着还不如送给国家保管妥善,我首先将《志摩全集》校阅了一下,写了一段小跋,交给了北京图书馆。纸版本来何其芳与俞平伯要想由文学研究所保存,因为东西已在志摩堂侄徐炎炎处,他因循未寄,如今十包中已缺去一包。其他《西湖记》《眉轩琐记》及小曼的手稿等亦交与北京图书馆,梁联及陆卷归浙江博物馆收藏。不料未及五月"文化大革命"来到,如果我不是这样做,恐怕今天也都不存了。在"文革"期间我时时忆及它,"四人帮"打倒了,居然仍留人间,我私慰总算对得起志摩、小曼了,"含笑报君在九泉"于愿足矣!我编的《徐志摩年谱》正由上海古籍书店重版。

1981年8月3日写成于同济大学建筑系

附记：

　　徐志摩的绝笔与杨铨（杏佛）一跋，我抄在北京图书馆所藏的那本我增补过的《徐志摩年谱》中。最近已过录了来，是一件很珍贵的资料：

　　"才到奉谒未晤为怅，顷去（韩）湘眉处，明早飞北京，虑不获见。北平闻颇恐慌，急于去看看，杏佛兄安好　志摩"

　　杨铨跋：

　　"志摩于二十年十一月十九日下午二时在山东党家庄附近之开山，飞行遇祸，此为其十八夜九时半过访不遇时所留之手笔，当晚去（韩）湘眉处狂谈至十二时始归，翌晨八时即北飞，（何）竞武云（志摩夜宿处）：志摩晨起即赴飞机场，十分匆促，故知所书为绝笔也。"二十年（一九三一年）十一月廿一日铨志。

　　志摩死后，上海静安寺设奠之外，北京亦举行追悼会，时间是十二月六日上午，在北京大学二院大礼堂，追悼会由林徽因布置，鲜花下玻璃盒置残机木条，到会二百余人，主席丁文江，胡适报告史迹，丁氏答辞，北大二院在马神庙。

1981 年 11 月 19 日志摩逝世五十年

含泪中的微笑
——记陆小曼画山水卷

一九六五年四月三日,陆小曼去世于上海华东医院。她生于一九○三年农历九月十九日,寿六十三岁。临终时将《徐志摩全集》的一份样本,一箱纸版,以及梁启超为徐写的一副长联,一张她自己画的山水手卷交我。我接受了这些东西,含泪整理了一下,将徐的全集送了北京图书馆;梁联及此手卷交给浙江博物馆,在联四边还请俞平伯先生题了一诗。这时还不知是"十年浩劫"的前夕,后来总算都保存了下来。可惜的是那全集的纸版,我归还了徐家,已在抄家中失去了其中一册。虽然在事前我已与何其芳同志联系好,要寄北京文学研究所保存,但徐家在时间上拖了一拖,遂遭劫运。

最近,我到浙江省博物馆又见到了原件,真是悲喜交集,往事历历,顿现目前。这张几被人忘却的画卷,又撩起了我多少的感触。小曼与徐志摩结婚后,住在上海,拜贺天健为师学画。这张长卷是其早期作品,她的山水秀润天成。后来晚年渐入苍茫之境。过去赠我的几张确是精品，可惜已成乌有了。她是常州人，书法是有其乡贤恽南田的味道，皆是才人之笔。

这张长卷，除原画外，可珍贵的倒是它的题跋，计有邓以蛰、胡适、杨铨、贺天健、梁鼎铭、陈蝶野等诸人手笔，如今都不在人间，留下这个最后写践，为此卷安排归宿的我，在这秋高之下，披卷怃然，感情是沉痛的。

在这卷中的几个题语，从今日而言，不论人的地位及其内容，以及存世之稀，都是值得珍视的。这画是作于一九三一年（辛未）春日，志摩于夏间携去北京，托邓以蛰先生为之装裱。装成，邓为加跋说明之。胡适在其后题了一首诗："画山要看山，画马要看马，闭门造云岚，终算不得画。小曼聪明人，莫走这条路。拚得死工夫，自成其意趣。小曼学画不久，就作这山水大幅，功力可不小！我是不懂画的，但我对于这一道却有一点很固执的意见，写成韵语，博小曼一笑。适之，二十（一九三一）、七、八，北京。"这诗充分地表现了胡适在文学上的一个观点，是没有发表过的一首诗。杨铨（杏佛）接着又题了一首诗，与胡适唱反调开展了学术讨论，诗是："手底忽现桃花源，胸中自有云梦泽。造化游戏戚溪山，莫将耳目为桔梏。小曼作画，适之讥其闭门造车，不知天下事物，皆出意匠，过信经验，必为造化小儿所笑也。质之适之、小曼、志摩以为何如？二十年七月廿五日，杨铨。"这诗是志摩从北京南返，在南京中央大学授课，杏佛先生在南京，志摩常去他家。在这年十一月十九日堕机死于山东之日，前晚还在杨先生处，留的一张纸条，是徐志摩的绝笔。后来杨先生将它装裱了，用乾隆贡纸写了一个跋，我曾经见到过，并抄了全文（现在仅存有一副本，写在北京图书馆藏我写的《徐志摩年谱》上）。在此诗中，杨先生提出了不能过信经验，有他的卓见。中秋节在沪，陆的老师贺天健先生题了一首绝句："东坡论画鄙形似，懒瓒云山写意多，摘得骊龙颔下物，何须粉本拓山阿。辛未（一九三一）年中秋后八日，天健。"这是针对胡先生的论点而发。梁鼎铭接着在题辞中说："……只是要有我自己，虽然不像山、不像马，确有我自己在里，就得了。适之说，小曼聪明人，我也如此说，她一定能知道的，适之先生以为何如？……"也表达了一通自己的意见。陈蝶野的一段较长的文字中，记着："今年春予在湖上，三月归，访小曼，出示一卷，居然崇山叠岭，云烟之气缭绕楮墨间，予不知小曼何自得此造诣也。志摩携此卷北上，北归而重展，居然题跋名家缀满笺尾，小曼天性聪明，其作画纯任自然，自有其价值，固无待于名家之赞扬而后显。但小曼决不可以此自满，为学无止境，又不独为画然也。蝶野。"题后又画了一张猫蝶小幅，写了"两部鼓吹""蝶道人戏笔"诸字。在这画上，标示了画于一九三一年春，那是小曼二十九岁。

志摩这时在北京大学任教，同时又在南京中央大学、上海光华大学兼课，南北来去匆匆。十一月十九日晚，因他的好友林徽因在北京协和小礼堂讲中国建筑艺术，他急于去京参加，从南京起飞，堕机于山东济南。而这一张手卷随带在身，准备到北京再请人加题。谁知物未殉人，居然留了下来，小曼一直保存到她死。我接受了这件遗物，在卷末写了一点说明："此小曼早岁之作品。志摩于一九三一年夏带至北京征题，旋复携沪以示小曼。是岁冬志摩去京堕机，箧中仍携此卷自随，历劫之物，良足念也。陈从周。"我藏得志摩遗物，十年中散失无存，此卷又经过浩劫，重见此"历劫之物，良足念也"八字，心情真是难以笔墨形容。如果那时我没有送给浙江博物馆保存，恐怕今天也不知劫到哪里去了，总算我做了一件对得起前人的事。"含泪中的微笑"，我此时真深有体会啊！

1979 年写

蜀道连云别梦长
——忆张大千师

"石湖泛舟清宵永,蜀道连云别梦长;角技当前谁主客,大风(大风堂,张大千画室名)梅景(梅景书屋,吴湖帆画室名)两堂堂。"二十多年前苏州徐绍青同志要俞子才同志画了一张《石湖泛舟图》,请前辈吴湖帆先生加了题,要我加跋,我便写了这首诗,因为徐、俞两同志都是吴湖帆先生(苏州人)的高第弟子,而我则随张大千先生(四川内江人)有年,当时吴先生老病,张先生久客海外。复记得那时徐悲鸿先生在日,和我商量争取张先生回国,此诗是在这样情况下写的。事又隔了这么长一段时间。

前年冬赴美国纽约筹建大都会博物馆中国庭园"明轩",满以为可以遇到阔别多年、鬓发全白的张老师了,可是又那么不巧,当我到纽约的第二天,吴湖帆先生的大弟子王季迁先生在他家招待我,问起张老师近况,他说已离开美国了,我黯然者久之。王先生家庭是完全民族风格,着中国式上装,与我娓娓谈他家乡苏州事,临行相互赠画,我面对着这位七十多岁的中国画家,触景生情地写了一首诗赠他。因为王先生夫妇皆洞庭山人,又久住在苏州,所以我这样写道:"洞庭长爱鱼莼美,吴下名园最忆君;愿乞他年终老约,白头还写故乡春。"他看了此诗,沉默了很久,一个久客异国的华人,多少还时时想念着他"生于斯,长于斯"的故土呢!当我回国前几天,他又设宴饯行,更显露了他的乡思。

在纽约,张老师是没有会见,可是我三十年前的女学生,诗人徐志摩的子媳张粹文,依老的习惯说,她是张老师的小门生,他们却常见。因此一个晚上我去她家,几乎谈话全部集中在张老师身上,不但看到他的近作,作画时的相片,同时还有很多在国外印的画集。他虽远客重洋,画中题跋还歌咏黄山、青城山等祖国大好河山,更绘了很多祖国名贵的花木。他穿一身传统的中国服装,持杖,足迹遍欧美、日本,为中国在海外争了艺术之光。

从张老师的身上又想到了苏州网师园。在三十年代网师园分居着三位名人。住宅部分是叶恭绰先生所居,叶先生是著名书法家。花园部分是张老师与他二哥善子先生住着。张老师的画室就是殿春簃内的这间书斋。当时网师园年久已损,一个旧社会的画家亦无力修理名园,在这小颓风范、丘壑独存的名园中,却画出了很多精品,尤其我们

陈从周与张大千（1948年）

称呼为二老师的善子先生，养虎于此，其画虎名作《十二荆钗图》即作于此。抗日战争开始，全家将内迁，移虎出园，陋巷中从人力车中滚下跌死。这是张老师亲口告诉我的。

网师园本是名园，可惜知道的人不多。我因与叶恭绰先生为忘年交，二位张先生又都是老师，所以对这园存在着深厚的感情。解放后每入此园，人去楼空，辄低徊不忍去者久之。到一九五八年夏，我建议苏州市市长李芸华同志要急行修复，蒙其同意。当时的园林处负责人秦新东同志是一位勇于任事，精通业务的好干部。这年国庆节网师园终于开放了。当我重到此园，心情格外激动。叶恭绰先生远在北京，我告诉了他此事。他填了一首《满庭芳》词，内有"西子换新装"句，可惜张先生却无从知道。他如果晓得的话，将一定与叶先生一样，会用美丽的词章彩笔来描绘其旧居的。后来我又将殿春簃推荐移建到美国，非出无因，这园确是经名画家名诗人题品过的名园上选。

我与网师园的山石建筑结了深厚的感情。每当夕阳西下，我盘桓于殿春簃前，花影粉墙，引我遐思，常常想到"无可奈何花落去，似曾相识燕归来"之句，远客无恙，必可重来。遥祝这八十二岁（一八九九年生）的老翁，他日倚杖园林，重写湖山，我想当为期不远了。

1980年春日

往事迷风絮
——怀叶恭绰先生

《书法》第三期，友人黄苗子同志写了《因蜜寻花》一文，介绍了已故名书法家叶恭绰先生的作品，叙述了他的论书见解。最近在编《中国美术辞典》会议上，我们议论了叶先生，我的心屡屡难平。叶先生是我的忘年交，他对我的诱导与奖掖，我是至今难忘的。叶先生是近代的知名人士，他博通铁路、交通、建筑、园林、古文、诗词、书画、考古等诸方面的学问，冒鹤亭先生说他的脑子好像一个大图书馆。冒先生是名学者，他是叶先生祖父南雪先生的学生，故说得很是恰当。

抗战前，叶先生居停在苏州，当西美巷凤池精舍未购之前，借住在网师园。等精舍修建成，移入新宅。在苏州时，留心当地文物，诗酒流连，抗战开始，弃宅而走，一旦悄然离去，老怀难堪。一九五六年冬，我的《苏州园林》一书出版后，次年四月，我在北京，他写了一张字给我，前面有一段小序，序文说："从周陈君，博学能文，近方编志吴门园林，极模水范山，征文考献之功。记洛阳之名园，录扬州之画舫，不图耄齿见此异书。顾念燕去梁空，花飞春尽，旧巢何在？三径都荒，追维前尘，顿同隔世。适承佳楮属书，录杜诗以应，亦聊记梦痕而已。遐翁叶恭绰时年七十又六。"这张用写经纸书的精品，我挂在书斋"梓室"中，一直到"文化大革命"，与我永别，幸录有副本，留下叶先生这篇未刊的文字。他别了凤池精舍，已是"燕去梁空，花飞春尽"，投老情怀，旅食香岛。他曾请吴湖帆先生画过一张《凤池精舍图》长卷，又叫我为他这旧宅拍摄照片。因此，他曾写过："此图为湖帆杰作，故七年前来京曾征求题咏，然事如春梦，不复留痕。今春刘士能（敦桢）、陈从周二君北来，述及吴下名园各情况，云：凤池精舍已大异旧观，亭榭无存，花木殆尽，池湮径没，已成废墟，衹嵌壁界石（从周案：刻"允文堂界"，曾嘱我为之摄景）犹存，余闻之忾然。盖兴废本属恒情，况早经易主。惟造园艺术，本吾国优良传统之一，且群众游赏，亦文化福利之所需，今吴门百废渐兴，余终望各名园之能保其佳构也……度二君必有规划也。附志于此，以谂后来。遐翁再志，时年七十又六。"（《题凤池精舍图》）苏州谢孝思先生（贵州人，苏州市政协副主席）说，苏州这地方，不少外地人是那么的对它有感情，叶先生、李先生（印泉）、刘先生（敦桢）诸前辈，以及你与我都是如此。他的话是有感慨的。

"孤山鹤送辽空语，往事迷风絮。谁云对酒尚当歌，早起心情休问夜如何？朝来觅得安身境，蝉噪林逾静。等闲过却好春天，花开花落见说是何年？"（《虞美人》）这是一九五七年叶先生寄杭州张阆声（宗祥）先生的一首词，张先生时任浙江图书馆长，馆址在孤山。那时他处境艰难，情怀极坏，这首词中可以看出他复杂的心理。虽然不久恢复了他的名誉，但非若旧时的那种情景，有一次，以一张扇面送我，是他与张大千老师合作的梅竹，梅是叶先生画的，给我留纪念，说其中有三人的交谊在。此扇今又不知流落何处。叶先生住在北京灯草胡同的小宅中，瓶花妥帖，炉香入定，说文谈艺，禅理加深了。与他平时往还的有章行严（士钊）、陈叔通（敬第）、朱桂辛（启钤）诸老先生。朱先生死时，他极为哀痛，花圈下署"旧属"，眷怀旧谊，甚是谦恭，因为叶先生早年曾在朱先生处工作过。

朱桂辛先生与叶先生都对于我国刺绣事业，历来提倡宣扬。苏州缂丝老工人沈金水为朱先生所书"松寿"幅制成缂丝。叶先生见后叹为观止，撰写了一副联交我送沈，联云："知音犹及朱存素，妙技可追沈子蕃。"存素是朱先生的堂名，存素堂以藏缂丝刺绣名闻中外的。那时朱先生已九十高龄，健在，故云"犹及"。沈子蕃是宋代的缂丝名家。这联是由我亲送给沈金水老人的，那时他亦八十多岁了。老辈爱才，令人感动。

一九五八年我建议修复苏州网师园，园成，叶先生太兴奋了，他赋了一首《满庭芳》词，用高丽名笺手书，内有"西子换新装"句。还撰一联挂在殿春簃中，我记得下联写的是"看竹无须问主人"，欣慰着此名园如今归于人民手中了。可惜这些名贵的手迹，皆已片楮无存。他八十四岁那年，从北京寄一副长联来，用精美的玉版笺，写着"洛阳名园，扬州画舫；武林遗事，日下旧闻"，以四部古建园林书名集联赠我，用来策励我今后的努力。这联失掉后，当我从干校回来，请胡士莹先生重书之，如今胡先生亦下世有年，写至此，不胜人情之感矣。

叶先生生于清光绪七年（一八八一年）阴历十月三日，殁于一九六八年八月十四日，那时正"四人帮"横行之时，他的收藏已损失殆尽。后来经茅以升先生申请国务院，经敬爱的周总理批准，遵叶先生遗嘱将骨灰葬南京中山陵仰止亭，题仰止亭捐建人叶恭绰先生墓。亭之设计出于刘敦桢教授之手。后来，"四人帮"一度要毁其墓，暴其骨，幸宋庆龄先生及时阻止，这事是他侄儿叶子刚先生后来告我的。以上这些,部是人所未谈及者。

叶先生名恭绰,字誉虎,又字玉甫,别号遐庵、遐翁。广东番禺人。

1979 年春

瘦影
——怀梁思成先生

> 旧游淮左说相从，初日芙蓉叶叶风；
> 挥手浮云成永诀，而今罄欬吹梦梁公。

新会梁思成教授逝世那年，我还在安徽歙县"五七干校"。我在报上见到了噩耗，想打个唁电去，工宣队不同意，我说梁教授是我老师，老师死了，不表示哀思，那么父母死了也可不管了。饶舌了许久，终于同意了。我那时正患胃出血症，抱病翻过了崎岖的山道，到了城内，终于发出了人何以堪的唁电。冬季的山区，凄厉得使人难受，偶然有几只昏鸦，在我顶上掠过，发出数声哀鸣，教人心碎。这夜没有好睡，时时梦见他的瘦影，仿佛又听到他那谈笑风生的遗音，一切都是寂寞空虚。

"无穷山色，无边往事，一例冷清清"，那几天的处境，我便是在这般光景中过去。我回思得很多，最使人难忘的是一九六三年夏与梁先生一起上扬州，当时鉴真纪念堂要筹建,中国佛教协会请梁先生去主持这项工作,同时亦邀我参加。约好在镇江车站相会,联袂渡江,我北上,他南下,我在车站候他,不料他从边门出站了,我久等不至,径上轮渡,到了船上却欣然相遇了,莽莽南徐,苍苍北固,品题着飘渺中的山水,他赞赏了宋代米南宫小墨画范本,虽然初夏天气,但是湿云犹恋,因此光景奇绝。

我们在扬州同住在西园宾馆,这房间过去刘敦桢教授,以及蔡方荫教授曾住过,我告诉了他这段掌故,他莞尔微笑了,真巧,真巧。第二天同游瘦西湖,蜿蜒的瘦影,妩媚的垂杨,轻舟荡漾于柔波中,梁先生风趣地说:"我爱瘦西湖,不爱胖西湖。"似乎对那开始着西装的西湖有所微词了。在一往钟情祖国自然风光,热爱民族形式的学者来说,这种话是由衷的,是可爱的,是令人折服的。梁先生开始畅谈了他对中小名城的保护重要性的看法,不料船到湖心,忽然"崩"的一声,船舱中跳进了一条一尺多长的大鱼,大家高兴极了,舟子马上捉住,获得了意外的丰收。这天我们吃到瘦西湖的鲜鱼,梁先生说:"宜乎乾隆皇帝要下江南来了。"

我们上平山堂勘查了大明寺建造鉴真纪念馆的基地,那时整个平山堂的测绘我已搞好,梁先生一一校对了。看得很细致,在平远楼品了茶,向晚回宾馆。梁先生胃纳不佳,每次用餐,总说"把困难交给别家,把方便交给自己"。意思说,菜肴太丰富,他享受不了,要我吃下去。我们便是每顿有上这样一个小小仪式。对鉴真纪念堂及碑的方案,他非常谦虚,时时垂询于我,有所讨论,我是借讨论的机会,向他讨教学习到很多东西。他开朗、真诚,我们谊兼师友,一点也没有隔阂之处。鉴真纪念碑的方案是在扬州拟就的,他画好草图,由我去看及量了石料,作了最后决定,交扬州城建局何时建同志画正图,接着很快便施工了,十月份我重到扬州,拍了新碑的照片寄他,他表示满意。

扬州市政治协商委员会邀梁先生作报告,内容是古建筑的维修问题,演讲一开始,他说"我是无耻(齿)之徒",满堂为之愕然,然后他慢慢地说:"我的牙齿没有了,在美国装上了这副义齿,因为上了年纪,所以不是纯白,略带点黄色,因此看不出是假牙,这就叫作'整旧如旧',我们修理古建筑也就是要这样,不能焕然一新。"谈话很生动,比喻很恰当,这种动人的说话技术,用来作科普教育,如果没有高度的修养与概括的手法,是达不到好效果的。他循循善诱,成为建筑家教育家,能在人们心中留下不可磨灭的印象,原因是多方面的,关键是有才华。一九五八年批判"中国营造学社",梁先生在自我检讨会中说:"我流毒是深的,在座的陈从周他便能背我的文章,我反对拆

陈从周与梁思成（1962年）

北京城墙，他反对拆苏州城墙，应该同受到批判。"天啊！我因此以"中国营造学社"外围分子也遭到批判。我回忆在大学时代读过大学丛书——梁先生翻译的《世界史纲》，我自学古建筑是从梁先生的《清式营造则例》启蒙的，我用梁先生古建筑调查报告，慢慢地对《营造法式》加深理解，我的那本石印本《营造法式》上面的眉批都是写着"梁先生曰……"我是从梁先生著作中开始钦佩这位前辈学者的。后来认识了，交谈得很融洽，他知道我了解他，知道他的生世为学……。我至今常常在恨悔，气愤，他给我的一些信，"文革"被抄家破产了。如今仅存下他亲笔签上名送给我的那本《中国佛教建筑》论文了。我很感激罗哲文兄于一九六一年冬在梁先生门前为他与我合摄一影，这照幸由张锦秋还保存着一张，如今放在我的书桌上，朝夕相对，我还依依在他身旁，当然流年逝水，梁先生已做了天上神仙，而我垂垂老矣，追维前游顿同隔世。

我与梁先生从这次扬州相聚后，自此永别了，我们同车到镇江候车，在宾馆中午餐，他买了许多包子肴肉及酱菜等，欣然登上北上的火车，挥手送别，他在窗口的那个瘦影渐渐模糊不见了，谁也不能料到，这是生离也是死别。我每过镇江车站，便浮起莫名的黯淡情绪，今日大家颂梁先生的德，钦佩他的学术。我呢，仅仅描绘他的侧面，抒写我今日尚未消失的哀思，梁先生，你是永远活在我们建筑工作者的心中。清华园中，前有王静安（国维）先生，后有梁思成先生，在学术界是永垂不朽的。王先生的纪念碑是梁先生设计，仿佛早定下这预兆了。王先生梁先生，你们这对学术双星将为清华园添增无穷的光彩，为后世学子作出光辉楷范，中国就是需要这样的学者，我为清华大学歌颂之。

1986 年 3 月港游归写

怀念林徽因

时间过得真快，记得一九五五年夏在北京，那时林徽因先生去世不久（一九五五年四月一日），梁思成先生病在医院，我们亦正受建筑界复古主义的批判，心境是沉重的，幸而不久梁先生恢复了健康，我们重聚之时，相对唏嘘而已。

我知道林先生是因为徐志摩的关系，那时我还在童年，对这位才貌双全的女作家，是景仰，是崇拜，脑海中留下深刻的印象。后来我与林梁二先生变成了同行，因此了解得更多。尤其我因编写《徐志摩年谱》，又进一步对这位与他深有交谊的朋友，下点功夫。在我的回忆中，林先生是博通众艺，娴于辞令，富有才华的一位女作家与建筑家。她的那种充满爱国、爱文物、爱朋友的热情，我至今时时在回忆中。

一九五三年夏，林梁二先生在清华园家中小宴，招待我与刘敦桢先生，那时她身体已不太健康，可是还自己下厨房，亲制菜肴招待客人，谈笑仍那么风生，不因病而有少逊态。次日晚上，是郑振铎同志以文化部与文物局名义，请我们在欧美同学会聚餐。林、梁二先生参加，刘先生亦在座，另外还有北京市前副市长吴晗同志等，都是考古与古建筑界的知名人士。那晚主要是谈文物保护工作。当然无可否认的，因为建国之初，急于基本建设，损坏了一些文物与古建，正如席间郑振铎同志呼吁那样，推土机一开动，我们祖宗遗下来的文化遗物，就此寿终正寝了。林先生的感情更是冲动了，她指着吴晗同志的鼻子，大声谴责，虽然那时她肺病已重，喉音失嗓，然而在她的神情与气氛中，真是句句是深情。她生长在北京故都，又与梁先生长期外出调查古建筑，她对古建筑是处处留恋，一砖一瓦都滴过汗，这种难以遏止的声色，我们是同情她，钦佩她的。

我爱读林先生写的诗文，尤其访古游记、杂记等，是真能知建筑之美，建筑之神，即使断井颓垣，残阳古道，都描写得如诗如画，后来有人批判说是怀古情绪，那是错怪了她了。我说林先生是爱祖国山河、爱民族遗产、爱劳动人民的创作，她热爱古代人民对国家付出的辛勤代价，对他们表示了崇高的敬意。这些在今日提出爱国、爱乡、爱家的时候，我益想念林先生的满腔热忱了。她是一位名副其实的中国作家，中国建筑专家，虽然她受过长期的西方教育与文化,但仍不失为一位值得景仰的中国人。

　　林先生离开我们有这么许多年了,我还珍藏着她与梁先生商讨中华人民共和国国徽时的一张照片。一九七八年冬,我在美国纽约筹建中国庭园"明轩",在徐家找到了林先生写的那篇纪念徐志摩文章(《纪念志摩去世四周年》),真是文情备至,又有观点的文章,因为国内几乎失传了,我为她复印了一次,这就是目前能见到的印本。今日我们能重刊林先生的著作,那真是"音容宛在"了。(人民文学出版社将出版《林徽因集》,陈从周作序)

草堂终古说缘缘

> 几丝修髯拂窗前,一字未书浊世篇;
> 留得千秋风骨貌,草堂终古说缘缘。
> ——答丰一吟属题"丰子恺故居"门额

丰一吟诚恳地要我为石门缘缘堂"丰子恺故居"题门额,我感愧交集,这位慈祥的老人,多年来对我的影响太大了,我何敢辞。抱着一种用自己文辞难以表达的心情,却与弘一法师所说的"天心月圆"相仿佛,对丰先生做了件功德圆满的事。

我在中学念书时,读的第一本丰先生的书是《缘缘堂随笔》。他的思想在一个十几岁的青年身上,留下了终生难以消灭的如白璧一样的纯洁感情。我与丰先生都是浙江人,周遭的环境皆熟悉的,文章中所描写的事物也是习知的,因此,感情上亦起着共鸣作用。他说得亲切有味,仿佛就坐在我身边。最近一吟赠我的《缘缘堂随笔集》,书中有《陋巷》一篇描写陪弘一法师去见马一浮先生。马先生是位大学者，中西学问贯通，住在杭州联桥延定巷32号，这建筑我去过，至少是清乾嘉年代的老房子，破旧得很，而巷子又狭小。他解放后住在西湖蒋庄，我与郑晓沧老先生一同去拜望他，曾经谈到了旧居，相顾莞尔。我之钦仰弘一法师实是从丰先生文章中得到启发的。前几年到泉州开元寺，我在寺中题了一联："弘立有灵应识我，开元洵美要题诗"，默默地别了"弘一法师纪念堂"。但我在怀念弘一法师时，也一并浮想起了丰先生。这次一吟要我题故居门额，我答一吟的这首歪诗，是考虑到先生在缘缘堂写作时的情致的。丰先生是我们的同行前辈。教师不是"贩卖"知识，至少应该如韩愈所说的"传道、授业、解惑"，如果没有丰先生的那种仁慈的性格，我们多少要误人子弟，受精神之痛苦的。

丰先生是漫画家，也可说不是画家。他的画在命意与境界上，已不属于一般画家之列。画面上有景，有情，有哲学，有诗意，还有极微妙的地方，要观者去想。他对事物与社会，揣摩体会得那么细，发人所未发，人所难言者，丰先生能妙笔成图，但是总不出一个"仁"，没有高尚的学问道德修养是难臻此境的。丰先生经过的这后半个世纪，同我一样，他的那些画面，正如看过去的录像一样，弦外之音,耐人寻味。我最近出版的园林散文集《帘青集》(同济大学出版社)封面就是用丰先生的画。我以此纪念这位我景仰的前辈。他的画是长青的。

"落花水面皆文章",我用古人的这句诗来形容丰先生的诗与画,也许较妥帖的吧!他在文学艺术方面的爱好是多方面的。他从梅兰芳先生的唱腔与配乐上获得启发,歌颂了中国音乐的旋律美,在京昆剧上发现了艺术的概括性,即使寥寥几笔的园林风景画,也能勾勒出景物特征。他老家石门一带,原是昆剧盛行之地,他对人物身段简练的描绘,我想多少得之于昆剧的表演,虽然他自己没有明言,但是深入地观察与分析,应该说是有微妙的精粹在。

浙西的水乡是清丽引人的。丰先生过去就是不爱乘火车,小舟一叶,在船上闲赏闲吟闲画,这种雅人情致的艺术家风度,确令人羡慕。因此他懂得美,有情趣,在大自然中孕育了高尚的情操,同时又深入到社会中,知道了许多世间相。如今提倡旅游,有的专求豪华的物质享受。但廉价的清游,在文化的提高方面却比书本与课堂中多得多了。丰先生的确是一位值得我们研究与作为楷模的学者、文人、艺术家、教育家。愿缘缘堂万古生辉。

呼兮吁兮

苏州园林今何在？

我最近应苏州园林局之邀，到苏州参加苏州园林艺林展览室成立活动。苏州能有这样一个园林展览室，是可喜的，对中国文化起着很大的宣扬作用，园林局做了一件大好事，亦平添北寺塔公园一个游览区。

我又去了旧地重游的几处名园，真是旧游如梦，新景全非，我几乎不相信我回到了柔情未了的这些泉石亭台。如今所有厅堂轩榭，差不多全开了商店，连拙政园的外宾接待室，也开了手工艺商店，满园挂彩灯，立彩人，俗不可耐，彻底破坏了雅秀的江南名园。我面对着这种丑景，还有什么可说呢？正如一个美人蒙尘了。我只有默然以对热情招待的园林主人们——局长们。

回到上海，接待台湾客人诗人洛夫等，以及外国留学生，有法国的高克家、日本的久保田雅代，他们都对我说起这件事。这些热爱中国文化的外国朋友们，要我提出这个问题，我怕我没有这样的权力，也说不好这件事，更破

陈从周写苏州园林的诗

坏了"承包"利润政策。但是，园林的收入要看园林水平，外国园林门票价很高，而它园林水平及管理水平亦高。如今以园林经商，以园林为商场及游艺场，真是本末倒置，这样总有一天园林会遭殃。

狮子林是贝聿铭先生的家园，内有贝氏宗祠，前年贝先生回国，亲自参拜宗祠，拍摄了录像，最近也寄了给我。可是，如今将祠堂改为陈列室，似乎做法上太唐突，将来贝先生重来，如何交待呢？对待这样一位世界名人，苏州是他的故乡，又怎样讲呢？苏州他的故居拆除了，祖坟亦破坏了，如今唯一的一个家祠，也没有幸存，我很怕，我见了贝先生怎样讲。六月间，我与他在深圳见面，送了他一部贝氏家谱，他几乎流泪，而我呢，没有告诉他这个不幸消息。现在提出来请苏州市政府对这问题慎重考虑一下。

至于园林管理水平，乱、不清洁，似乎管理人员也分心了，没有做好。

总之，园林局不是商业局，园林不是商场，这个问题应该提到日程中来。希望国家园林局及各级政府，要采取措施，特别是各地园林管理局要做出管理成绩来！

作为一个园林工作者，贡此管见，我无坏心，拳拳之意而已。

造风景还是煞风景

造风景与煞风景，是矛盾的相对，如果处理得好，两者统一了，造风景便不会形成煞风景。近年来我国整理了很多的风景区，作出了不少出色成绩，但是在进展过程中，必然出现这样那样不够理想之事，甚至于好心肠办出了坏事。因此这个问题颇有商榷的必要。实际来说，这种现象本不局限于一处一地，这是在发展中必然产生的曲折过程，因此有必要同大家谈谈，为了今后将风景建造得更理想。

重在立意

造园也好，整名胜风景也好，重在立意，就是今天所讲的主导思想。园有今古之别，景有新旧之分，面对着这种问题，必然要有明确决定，主次分清。是古的、属文物性的，那就得整旧如旧，正如博物馆修文物一样，要有考据，有来历，修得符合标准，能起教育作用，增添欣赏价值，这就是古为今用。而不是将它弄得既不古又不今，一半中一半洋，强调说是古为今用，洋为中用，那就修即是破，走向反面了。这种古今中外的界限在主其事者的头脑中，一定要有所考虑与认识，文物法令，城市规划所规定布局，就是政策依据。因此对于历史风土的研究与法令依据，那是决不可缺少和忽视的。面对着古东西，如果思想中新字作怪，那就成了问题。广东肇庆鼎湖山，佛殿之旁居然布置洋园，水池宛若游泳池，山林之气，顿觉全无，你说设计者没有花脑筋，他倒是苦思一番过的，事实呢？有谁不在议论。杭州烟霞洞，本由山径达洞，如今汽车直达洞下，不劳一步，并造了大停车场，了无丘壑可言。从这二例，说明了"现代化"新式交通，如果安排不当，都是造风景之大敌。

我们风景区搞交通线，有两个原则：第一，交通线上要能看到风景；第二，交通线不破坏风景，要藏而不露。今山东泰山、西湖北高峰、北京西山等处，缆车悬空，电杆掀天，既破坏名山神态，且游人无异货运，枉论入山清游，实不知其趣了，一时可能招揽俗客生意，从长远来看，恐将贻笑后世。因此在风景区以搞一般交通原则来建设风景交通，必然趋向煞风景。

新旧矛盾

新与旧是一对矛盾，社会在进步，不可能旧到底，但又应怎样对待它呢？从史实来理解还是从表面来理解？我主持修理上海松江的一座北宋方塔，是用新技术，将它整旧如旧，木构皆保持原来木材本色，上面加了防腐剂，不油漆，看上去古趣盎然，博得中外好评。相反，有许多修理后的古建筑，建筑物加固防漏等都没有彻底解决，来一个大红大绿油漆一新，这些油漆不符合古建筑标准，不遵守传统做法，而且错误地认为外宾与侨胞皆喜欢五色夺目。人家讥讽为暴发户，我说是老摩登，钱是花了不少，还有许多是锦上添花，活像老太婆擦粉。明明是一处名人故居，他的身份是个穷秀才，如今一修却变成了地主庄园，这种现象甚为普遍，将来郑板桥、施耐庵、黄仲则等故居，如果不慎重的话，必然后果不堪设想。因为国家有钱了，有钱便要花，花就乱花，清贫雅洁之宅，一修而成恶俗之所，上海玉佛寺的玉佛楼一度也想装上空调，唯恐大佛中暑了。

我们在风景区规划中，有一条就是分区，分区明确，功能显著。如今有些人往往贪大求全，包罗万象，最好应有尽有。但是多不恰当，反变为少，景物了不足观矣。目前电动娱乐器几乎是一种最好的生财之道，公园也好，风景区也好，放上几座，皆大欢喜，说是新式产品，外国都有，为了迎合外国人，讨好中国人，非此不行，试问人家不远千里到中国来看风景，这洋玩意儿，国外有的是，而且也不是到处乱装。它既不讨好于外宾，而且又干扰了环境的清静，破坏了景观的美丽。面对这种"大众乐园"，也应该分别对待，分区布置才是，如果处理不当，它是最煞风景的东西。

谁是"主人"

一个风景区，到底谁是主人，当然啰，山水、草木、云烟、古迹。就是有些必要的建筑也应仿佛是地上长出来，自然多姿，天配地设。现在不恰当的高层大宾馆、疗养院等，各霸山头。

我认为旅游部门与其他占山部门要是有水平的话，从全局与长远看问题，那必须服从规划部门，这是国法，我们不能刚愎自用，要服从整体，顾全大局。

另外，风景区的一大劲敌，就是利用风景区资源，焚琴煮鹤，吃了风景。最近我到山东博山，泉河头是个风景区，宛如一个山水盆景，但其泉源所在，正在建水力发电站，三年不见，面目全非，本来无建此厂必要，公社为了响应中央号召，也来应景一下，殊不知风景断送矣。幸新任的副市长是我们同济大学毕业生，我告诉了这事，他立即制止，也总算演了一场"劫法场"，言之唏嘘。

古洋有别

我曾经说过，风景区的建造，"古就古到底""洋也洋到家"，不古不今，不中不西，结果必定是不伦不类。外国人要来看中国山水、文化，这些要有民族风格特色。而我们呢，唯恐人家说我们"土"，不现代化，佛头着粪，狗尾续貂，弄巧成拙。过去曾有想将佛寺前的放生池改成喷水池，大殿的柱子改成罗马式，近来颐和园也栽上雪松、绿篱，大搞洋化了。如此怪状不一而足。而宾馆满插纸花，庸俗布置，设备管理不周，空调名符"空"调……在管理上应该洋到底的，却漠不关心。这是古今界限不清，古未到底，洋未到家的煞风景现象。

僧侣的世俗化，对风景区与寺庙修整，也带来了很多不利条件，他们想多争取善男信女与游客，以庸俗和所谓"现代化"的东西，强加于寺庙风景之上。庐山东林寺，简直五彩缤纷。而斋堂客厅，沙发、西菜桌富丽布置，有如宾馆，使人不识其为古寺名刹矣。僧侣世俗化，早在三十年代已萌芽滋长，但那时有些寺庙还有着较高文化的住持方丈，尚不至泛滥到今日地步。尤其油漆与塑像，简直如越剧之布景，"五色令人目盲"，雅淡古朴，几已不为他们所理解，甚矣，花钱也不易。

若干主管不重视风景建筑，违反文物政策，自尊心又强，立法观点欠缺，在处理问题不无主观之处。人家的话听不进，却自称好汉，反正错了，最多检讨，却不能有损自己威信一点。于是说干就干，一声令下，风景文物遭殃。陕西黄帝陵古柏被县政府砍伐给老干部做棺材，引起全国舆论。至于破坏泉源，开山售石，已非一端，西湖将台山、金华北山之水泥厂，真是惨不忍睹，风景贵赏而今在卖，此亦不知什么逻辑。

不尊重地方特色，好新猎奇，赶时髦。广东园林及时，从东北到海南岛全国风行。苏州园林一上市，南北叠假山，于是破坏真山乱造假山，东施效颦，劳民伤财，曾见开封园林，居然也仿造了南方的大玻璃窗白水泥茶室，时逢十月，游客裹足矣。经验交流，师其精神。盲目搬用，其所造成痛苦教训，是值得提出注意的。

重利轻景

城市山林，过去指城市中造园而言者，目前风景区都为适应旅游需要，不适当地将城市布局一套，强加于云山雾岭之上，既不知因地制宜，也不明宜稳宜藏，商场、市肆、餐厅、电影院，越大越好，非此无以言气魄，风景区顿成市观，此种矛盾，日益加深，而旅游部门宁愿重利而轻景，一往情深，永订白首，则景受损。若游人不至，财从何得矣？没有规划的风景区建设，是煞风景的形成之源。

我国建筑因时代不同，地区差异，材料有别，形成了丰富多彩的建筑风格，而风景名胜梵宇池馆，为其重要组成部分，修理者往往忽略历史与地区不同，照抄"法式"，全国划一，如金华元代天宁寺正殿，原为南方形式，而中央的工程师将它局部改为北式。以一地之标准设计，乱套全国各样形式，毫无历史与辩证观点，更有修理以钢筋混凝土代木材，言木构耶，予欲无言，此正以塑料仿铜器，仍言此商代古物也。如果模仿得像一点，犹有可言，因为巨木缺乏，不得不勉求下策，然而细部装饰与油漆处理欠周，往往生硬未能表达木材特性，但是有时壳子板所费木材与纯用木材相差无几，但效果不可同日而语，得到是煞风景的后果。

几点建议

风景区的建设，是人人都能见到，亦是人人皆能品评的，因此亦最有利于改进提高。但是要提高风景区的建设水平，还是应该先着眼于文化的提高。过去"造园见主人"，就是说园林水平的高低，反映了主人学养的功夫。现在我们正有着多多少少的人,多多少少的部门在从事这项风景建设工作,那么我们诚恳地提出来大家谈,言者无罪,闻者足戒,要有点宽广的胸襟,平心静气,好好进行一些学习研究,使风景建设成为一门学问,再仔细着意,反复推敲,小心刻意来经营,因此我提出,要有"诗人的感情,宗教家的虔诚,游历家的毅力,学者的哲理"。这样来建设风景,虽不中亦不远矣。

湖心亭怎么办？

　　林放同志在本报《反过来想一想》一文写得太好了，柔情未了，又勾起我上海市城隍庙湖心亭的旧事。豫园是国家级重点文物，也是上海唯一的国家级古典建筑，湖心亭它是豫园的组成部分，从四百年前豫园建成时已早形成了，在中央批准国家级重点文物的文件中，也将湖心亭放在豫园之内。我在本报中也屡屡写文，呼吁南市区商业部门将湖心亭完璧归赵。我又忝为上海市政协委员与文物保管会委员，提出了归还湖心亭的提案。可是，"苏三案件发还洪洞县"，当然苏三还是冤沉大海，永无昭雪之日。我看将来茶室火神临门，大祸临头时，后果谁负呢？

　　这两年来，文管会开会，委员们提出了很尖锐的意见，有的委员说得好，现在报上说湖心亭老茶客减少了，几乎没有了，都是一些青年谈情说爱，那么商业部门强调老茶客品茗这条理由也该自趋不存在了。我两年来为了重建豫园东部，扩大了豫园空间，很快地增加了中外游客，外宾说得好，豫园是"沙漠的绿洲"。但这绿洲组成部分之一的湖心亭，如今还没有得到应有的重视，"老大仍作商人妇"，我曾建议过将湖心亭归还给豫园，割去后部的不合理的建筑，作为风景点，任游客登临，将九曲桥改为低平的明式低桥，豫园的空间扩大了，豫园的游客可更多了。比几个坐在那里闲读的人，比从他们手中得到茶金也更多，那里三穗堂外一片水景，湖心亭玉立波中，夹岸垂柳，是多美的意境啊！林放同志说"政府公房被居民占用，县长以法定代理人的身份向法院起诉，收回产权"，那么我要提出一个问题，湖心亭的产权是谁的，是国家级重点文物保护单位。上海市文物保管委员会又如何执法，我不懂，我作为一个老读者，读报有感，提出来与大家商量，并请问有关方面该怎么办，湖心亭不要再做苏三，使它早日成为豫园景点的一大部分。

呼吁：斧斤不入山林

新春伊始，照理我不应该说这些话，使一些爱好盆景的朋友不愉快，但事关我国的自然美景，因此我又不能缄口无言。在我们的社会里，凡是遇到自认为不好的倾向，就不妨披肝沥胆地提出来讨论一番，即使说得不对，也解除了他心中的疙瘩，认识得以端正了。

近年来我国盆景的蓬勃发展，人们爱好自然的美德，确实表现了我们是个有文化的国家。作为从事园林工作的我，由衷地感到鼓舞与高兴。但是任何事物如果没有一定的制约，听其蔓延，也可能走向反面。现在好像是有那么一点"全民"搞盆景的势头，大家挖山上的老树桩，花木公司，盆景公司，园林处，专业的，业余的，连住在山间的疗养人员，亦常常荷锄入山，众手齐动。苏州、无锡、洞庭东西山等，每天不知有多少人在挖，一挖就是十几个桩，拿回家去，能够成活的要打个折扣，能够成品又要打个折扣，而山间的树木却受到了严重的破坏，这比任意砍柴还要厉害，因为砍柴不去根，春来还发青呢！

据无锡的朋友说，惠山再不封山，只好永远是光秃秃的；太湖疗养院四周的山上，不见树根，但见土穴，这样下去，风景区如何能还我自然，青葱一片呢？

又听说有些地方如今又要用玲珑之石来加工做盆景了，如此则那些风景区的名峰佳石，又要遭难了。我前些时到江西萍乡看了一个名叫孽龙洞的溶洞，太美丽了，可是还没有开放，已经有人不远千里去采石了，将玲珑剔透的钟乳石打得百孔千疮，据闻是拿去做盆景的，还闻说是外地有些单位专门派人来打了，运回去布置自己地区的山洞的，这就不怕缺德吗？

我今天提出这个问题，是想引一些人的重视，不要杀鸡取蛋，顾此失彼，要从全局来看问题。管理风景和园林的部门，要赶快订出保护的条例，永葆青山如黛，佳木葱茏！

一九八三年二月

吹皱南北湖

这篇文章早想写了，而屡屡搁笔，欲说还休。更觉自己位卑言微，吹不皱一江春水，算了吧！但人总是有感情的，尤其钟情山水，知己泉石，积习未除，老而弥深，竟无法遏止了。

近来浙江西部、江苏南部的一些城市的风景区，每每邀我去，问题对我说上面对他们重视不够，比如平湖海浜、海盐南北湖等，而邻近上海的市县如江苏的太仓、昆山、常熟等地，也常常为拿不出更多的财力来开发而苦恼。南北湖任其开山，昆山任其建造有污染的工厂，实在是很可惜的。

说到南北湖，经我拼了老命似的奔波与呼吁，嘉兴市与海盐县各拿出十万元，但对开发这样一个风景区，不啻是比毛毛雨更小的"尘雨"也。

上海应该扩大它的风景区，单单着眼于一个淀山湖是不够的。千万人口的大城市，假日何处去？现在常有上千人蜂拥去了南北湖，可是到了那里，连停汽车、吃顿饭都成了问题。我建议当地的领导，还有上海的有关领导，何不抽空去看看。"风物长宜放眼量"，风景是全国人民的，能不能来个合作，共同开发建设呢。

我不懂地方行政，说了这些狂言。但南北湖要是开发出来了，上海人民将是非常乐意的吧？

闲话修路

　　老妻下世一周年了，心情非常难受。她死于胃癌，开过肚子，因为癌扩散了，虽然缝补好，但终于送了命。独自漫步街上，又是一番触景生情。我们新村大门口的马路，如今又在开刀，光滑的路面，也不知什么缘故，要动手术了，大约也是癌症吧。作为人民代表的我，也得打听打听，原来路旁建筑物加高，自来水供应不够，仿佛一个人要换血管，换血管就要开刀，现在已在动工。汽车道改为单行，路上满目疮痍，行者叹于道，其情真不忍睹，其路亦艰于行。这些现象，在上海是毫不足奇的。马路手术做得很是"细心"，缓慢得使海外侨胞"赞扬"。说是今年看到在修路，明年再次回国未收工，还在"继续革命"。我听了黯然无语。我孤闻少见，外国去跑过几趟，不免出了怨言。然而我们又有多少"领导""专家"也去过，回来介绍人家好，谦虚地说我们要学习他们，可是却依然故我。马路年年开刀，而且只开大刀，要修补一点不平和积水呢，则不肯高抬贵手了。我没有小包车坐,只有凭我两条老腿,短距离安步当车而已,可是老眼未花,见到开肚子的马路,应该是说对市容美的一个致命伤吧。如今我也不发表大道理了。因为有些主管市政的部门,做起工作总结来,总是令人"满意"的,我也举过手,一致通过。但是我相信,美与丑,人们总会分辨的,也许有些人丑也当作美,这是哲学上的转化,我也无词以对,但是人非草木,面对开剖肚子的马路,总有所感吧!人生病要开刀,路有问题也要开刀,但总希望少开刀,开刀也希望手术快一点。如今美容师一天多于一天,美容所如雨后春笋,独独对市容美的主要组成之一路面,却照顾太少。修马路,汽车可绕道,行人呢?只好"拉练"了。小修行崎路,大修兜圈子,不修则已,一修惊人,其进展之速度,可谓长生有术,延年益寿,没有一处不是一动经年的。国外修路晚上抢修,我们修路白天还是"从容"为之,谈笑风生。当然外行人,只知道城市要美,而不懂得城市建设之复杂性,但是为什么人家能有规划、有步骤,能动外科手术,定期迅速完工,而我们却不能?要我谈市容美,与其纸上谈兵,讳疾忌医,不如老老实实说出身受其苦的流行病,能够为民早日脱离苦海,亦如愿以偿。

马路开肚子这一痼疾,在上海越来越重,如果华佗再世,妙手回春,那么不仅市容变美,交通问题也会有所改善。苏东坡有两句诗:"贫家净扫地,贫女巧梳头。"这对我们市容美来说,可能还有借鉴吧。

"哀悼"芙蓉鸟

最近我小斋中的那只芙蓉鸟突然暴卒,七孔流血,惨不忍睹。凄然移时,悄悄地将它埋葬了。这几年来先后"哀悼"过三只芙蓉鸟,第一只挂在窗前,被人偷掉,第二只被老鼠咬死,第三只是中毒死的。这种不愉快的遭遇耿耿心中,既惋惜又不安,不安的是因为我太对不起养芙蓉鸟专家蔡老先生,这三只鸟都是他送我的,而结果仿佛嫁出的女儿不得善终,皆先后丧亡了,他老人家闻此噩耗亦当老怀何堪啊!

我因为三只鸟先后失去,想得很多。第一只是被人偷去的。我埋怨社会治安不好。第二只被老鼠咬死,我又痛恨公共卫生未上路。第三只却更令人牢骚与怒气冲顶了。它是保姆给它吃了未洗过的青菜,受农药中毒而亡。农村为了增产,大量施用农药,而后果呢?本来吃虫的鸟被药毒死了,天然灭虫的鸟大批死亡,而菜虽然增产,菜上的虫是没有了,而农药的毒,比小虫更危险,小虫可洗去,而农药洗清更难，鸟小生命一毒就死，而我们人呢？虽然不死，而日积月累，慢性自杀的危险，不是存在着吗？社会主义的商品经营，必须讲究职业道德。尤其在今天，当全国人民正致力于建设国家时，死了一只鸟，本来是小事，然在小处却暴露了大问题，放下屠刀，立地成佛，不要做杀人不见血的刽子手。

商品经营——无论是个体经营还是国营——都须本着社会主义的人道主义精神。

一九八七年四月二十六日

滇池虽好莫回头

昆明滇池大观楼的长联"五百里滇池，奔来眼底"所描绘的风光，我向往了几十个年头。"岂有文章惊海内，漫劳车马驻江干。"我与大观楼长联作者孙髯翁一样，一介寒士，本以为今生无缘上昆明了。谁想去夏昆明安宁城建局李康祖同志特地来上海，坚邀我为该地设计一个古典园林，并已买好了飞机票，有"州司临门，急于星火"之概，于是匆匆上了晴空，两小时多到了这花城昆明，住在温泉，正是小神仙了。

我来昆明不是"游"，也不是"白相"，我是为昆明添美。我得首先完成园的构思与实地情况配合协调，决定了"楠园"的设计。因为这园是以楠木为主题，象征了云南的特征。所以从建筑材料，到园内配置的家具、匾额等，都是用的楠木，这是本乡本土的出产，不必舍近求远了。

温泉小住，确是恬适的，"闲中风月，老来书画"。

在漫游昆明景之余，就是这样安逸地度日，唯闻风声、鸟语、泉声、谷音，助我清思而已。但清思中未免有些牢骚，也是人之常情吧。因为滇池归来，有"恨不相逢未嫁时"之感，我后悔没有在"文革"前上昆明，滇池犹是女儿身；我恨没有能好好地体验一番大观楼长联的意境。我有些惆怅，自怨自艾，为什么我们专门做上对不起祖宗，下对不起子孙的事呢？为什么我们有时连起码的智慧都没有了。如今这滇池不是旧时我想象中的滇池了。滇池是一片凄凉。凄凉什么？它成了人们竞相发展的目标，水面越来越小，五百里水色山光，如今是无从说起了。我在龙门山上，题了"回头是岸"四个字，可能是触景生情。佛家教人回头是要人为善，我在这里引用是向人说明，自然风光的保护是多么重要。大观楼长联明明写得很清楚，而今却是见岸见田见人家，不见水了。我的怨而不怒的讽词，不算过分吧？

关于大风景区的保护，我屡屡提出"还我自然"这个口号，可能是"诚则灵"，似乎已得到很多地方领导的重视。"文革"的创痕，滇池的不幸，是过去了，希望今后能还我水面。像云南这个"花园""石林"，何异于天然珍宝，要珍惜，要像爱护眼睛一样爱护它。

昆明归来，已过半载，但拳拳之心，无时或释。一九九〇年春节,迎客之暇,写此小文,我梦想看昆明的茶花,云南的沱茶,等"楠园"竣工之时,必有"花下忘归因月美,樽前劝饮是春风"的一日了。

欲说还休怨"旅游"

"旅游",多漂亮、多摩登的名词啊!"旅游"既是精神文化的享受,又是物质的享受。有了钱就要玩,玩也许便是"旅游"吧!但是说也奇怪,我近来怕谈"旅游",也没有钱的条件去"旅游",人家说你旅游,地方上请你不到,你只要开口,一分钱也可不花,何乐而不为呢?我默然不答,我沉默,我怕,我怕血压升高,因为我良心还没有抹杀,我不能浪费公家的钱,更是我对目前旅游的现状是有所不满的,干脆还是家里坐坐,听听昆曲,到豫园工地指手画脚便了。

最近泰山开风景规划会议,邀我参加,不去。我的态度一向很明朗,你们造缆车,我反对。造了缆车,炸掉了半个日观峰,泰山被破坏了,缆车变成了风景区的怪物,一见便生气,对不起,我不会自招痛苦。南雁荡山又要开风景规划会议,要评为国家级风景区,要我讲点话,我婉谢了,也不去,地方上用尽心计,托人讲尽好话,能够使得风景列入国家级。这样，列入建设，国家要投资了，地方上可以不花钱，坐享其成，巧妙的戏法，我是看穿了。为什么省与地方不肯花钱呢？原因是"生出孙子吃阿爹"，伸手中央，是极端的地方自私主义。再看浙江省的省级风景区，一钱也不肯花，地近上海的海盐南北湖，一年只有县里拿出十万元，任其开山炸石，炮声如同老山前线，省与县亦视若无睹，原因是江、浙与上海的边缘地区，是风景区最遭难的地方，江、浙两省不重视，怕将来并入上海，上海市无权管，因此污染厂向这些地方建，石头砖头向这些地方要，运输更是方便，于是这个真空地带遭殃了，而风景呢？上海人又要去玩，残山剩水，满目凄凉，这叫作"全国一盘棋"吗？不是，是封建割据，所以浙江省要开南雁荡山会议，我有反感，也不去。

再说风景区无钱就吃风景，开石头，农民说"开炮一响，钞票上万"，比种田，搞旅游方便实惠多了，一分钱不投资，地方就可大吹牛皮，我们增产了多少，社办企业搞活了，真是白日见鬼。风景区有了一点钱呢，又不肯精打细算，热衷于造假古董，真山前造假山，破坏了泉水，装喷水池，低级庸俗的城市化建筑，以及破坏自然景观的道路缆车，真是不花则已，一花惊人。我怕，我还是保全老命，不去见这些丑态，自讨苦吃。

山有格，水有态，风景之美在于自然，仿佛与人一样，王嫱西施，不以胭脂与天下斗妍，而大好河山，却如东施效颦，最好是能"近代化"，外国人说一句中国风景建设与设施同外国一样，恐怕要开心得跳起来了。为什么在风景建设中，没有一点民族自尊心呢？风景区搞旅游不能一味讨好洋大人。但是洋人却又是爱看中国东西，那又为什么不冷静思考一下，研究一下，盲目地建设风景区。要知破坏了天然景观，是犯了上不能对祖宗，下无以对子孙的缺德事。问题很明显，对历史、文化、风俗以及民族的特性等等，都要下功夫。旅游要搞得好、风景要建设得好，一句话是文化建设。没有文化是徒劳无功的，终于要走向反面。

一九八九年春

大好青春宜珍惜　用功读书莫经商
——给某大学生的一封信

××同学：

您好！清晨蝉鸣高枝，轻风拂人，我在同济园的小斋中，看书、作画、写文、听曲，温我五十年前大学生的旧梦。逝水流年，虽然人是老了，然而我多依恋我的青年时代，我有机会就要重温一番。因此，我也最爱与你们青年人在一起，无隔阂地谈天说地，我可以忘老，在你们身上得到活力。当了五十年的教师，越感到青春可贵，青年可爱。

也许你们还是乐意听我谈谈往事吧。我们在大学生时代，经济也不富裕，物价天天在涨，然而我们有着一个目标，就是要得到知识。求学如果得不到知识的话，等于浪费时间、精力；把知识学到手，便是我们的胜利。即使两袖清风，但学问在我脑中，我是不愁将来没饭吃的。在旧时代，生活虽然很艰难，但我们就是为了求生，也不会脱离学问二字而去搞副业收入的。当时的大学毕业生在毕业前要交一篇论文。论文要毛笔正楷抄写，文理科一律。当时我就去担任缮写论文的工作，借以得到一点报酬。今天我的一手小楷，就是这样练出来的。那时我们同学各抒其能：读工的，上工地、工厂；读文的，写作投稿；读外文的，译书、译文；能演戏的，以票友演出。即使所得甚微，然亦博得点名声；做一件事没有单纯追求"孔方兄"的，毕业后也很容易找到与专业对口的职业。这种业余的工作，看来不是无的放矢的。我们多少有点自命清高，耻于做"业余商人"。可能我们那时的思想还不够"开放"。我们总觉得，不能有失大学生的身份，什么事都要做得"得体"。

现在，有些大学生要做生意。想发财，那又何必读书呢？我们的责任，是为国家培养有高度文化的各种专门人才，而有些人不务正业去经商，那就专业经商罢，何必占着一名大学生的位置呢？看到有些人上课时，思想不集中，成绩下降，满脑子在打钱算盘，我就谴责自己。常言道，"教不严，师之惰"，"忠言逆耳利于行"。也许以我至诚之心，能感动、挽救一些人，那就算是我在人生道路上又做了一点好事罢！

××同学，我不说大道理，我也不以老师"尊严"的面孔训斥你们。人总是有感情的动物，在此长夏时间，与你们谈谈知心话，也许能打动点心弦吧！你们有远大的将来，希望寄托在你们身上。你们正处于最宝贵的青春时代，体力、记忆力、智力都是最旺盛的时候，希望不要轻率地虚掷了。古今多少在事业上有成就的人，即使大银行家、大实业家，也都有很渊博的学识。见微利而弃大业者，市侩也。我相信你们中将来必然会产生很多搞金融、实业、旅游等事业发大财的人，然而，今日的世界没有知识也发不了大财。人不可以分心，读书时要好好用功读书，毕业后方可远奔前程。

我可能年龄大了，说了一些不识时务的话，恕我的出发点是善良的。同学们，努力珍重，祝你们前途宏大。

一九八八年八月五日于同济大学

对上海市档案馆的希望

上海市档案馆新馆建成,许有方、林德辉两馆长邀我去参观,并为安排庭园花木,水石方池。当然,"好花须映好楼台",建筑物没花木,等于美人没有修眉,也缺少云鬓,再美也是个冬瓜。

史之成在于史料,因为有真实的第一手资料。我现在最讨厌看"传记",史实很多不符,水分掺得太多,这是小说了,这种现象是可说仅求"趣味"而少史学知识。通过多少次的"运动",失去了多少珍贵的重要原始资料,如今档案馆之成,确是做了件好事,为将来写史保存了大量史料,是千古不朽之业,是会得到子孙的颂扬的。

天下有很多的无名英雄,档案馆虽然不及开发公司可以红极一时,但是是流芳百世的,图书馆、博物馆、著名出版社(像过去的商务印书馆),这都是中国文化的宝藏。今天上海市档案馆亦是在中国文化史上要占光辉一页。我尊敬馆中的工作人员,他们是无名英雄,为祖国文化埋头在做好事。

图书馆、博物馆、档案馆都是出学者的地方，档案是死资料，工作人员是活资料，要有终生于斯的雄心壮志。今后上海有很多的历史要写，只要是有心人，精力充沛，踏实地充分利用档案馆，必定有很高价值的书出来，因此档案馆对于史料的收集、管理、借用等等一系列的科学办馆工作，放在眼前了，而这优美的环境，为学者制造了更好的条件，是所希望与高兴的。

当然档案馆的办成功，还是要依靠大家的。名人的子孙们，对先人的遗著遗物，不要认为是己产，应该帮之于档案馆，永必保存，发挥作用，这是孝顺先辈，对得起前人的事。名山百世之业，如今不再藏之名山，而应藏之档案馆了。

档案馆不是政府行政机构，是学术文化事业单位，是需要专门人才，要培养专门人才，要有专业的训练，要读书，人员不能随便调动，要有终老于馆的信心，而不是"养老院"。我希望上海市档案馆能培养出大批档案人才。必有一天上海市档案馆是要世界闻名的，因为上海在世界上与中国历史上是有它特殊地位的。新馆初成，愿望如此。

一九九一年春

编后记

匠心独运
——《梓室随笔》编后絮语

张昌华

陈从周先生百年诞辰（1918—2018）在即，商务（南京）印书馆陆国斌兄邀我为陈先生选编一本散文集以资纪念，嘉命难违，惟勉力从之。

陈先生是园林建筑学家、园林美学家，海外学界誉其为中国现代园林学的grandfather。先生博学多才，擅建筑，谙美学，通诗词，晓音律（昆曲），工书画。尤其是那一手儒雅温润的随笔写得漂亮极了，有一种蕉窗下欹砚边，经史子集，琴棋书画滋养出来的书卷气。俞平伯认为陈氏散文"其间山川奇伟，人物彬雅，楼阁参差，园林清宴，恍若卧游，如闻謦欬"。冯其庸则誉其"如晚明小品，清丽有深味"。

此前，陈从周先生已有《书带集》《青苔集》《说园》和《园林清议》等多部散文集面世，先生散文之精彩华章已被搜罗齐备。刻下若另起炉灶开宴设席，如端不出几碟新花样，或会令读者倒胃口。所幸，上述选本面世距今已有年代，诸书的选文多为"阶段性"作品的结集。适十三卷本《陈从周全集》刚刚出版，囊括了先生的全部文字，遴选的天地广阔，选编起来要从容得多。

历来的选家都有自己的思路，对选文的取舍不可避免地带上自己的主观色彩。笔者不能免俗。我希望这个选本既能反映陈先生园林事业上的建树，散文写作上的特色，更要突出先生在做人上的风范。"说园""析美"等名篇首当收纳，咏山吟水田园逸兴类散文华章不可或缺，剪烛忆旧夕拾朝花的篇什亦不可少。因"全集"卷帙浩繁，选起来也颇费思量。新选本如何"出新"？思虑再三，选择"人弃我取"一途。陈从周先生本系文史出身，却成就于园林。他在园林上的辉煌，淹没了他的文史本色。以往的选本，大多疏忽了这点，鉴此，本书列了《梳典拾史》一栏，将先生读史的零星感悟和研究，一并收纳，以展示先生对文史（近现代）的研究成果。我觉得颇有新意的是特辟《呼兮吁兮》一栏，我谓之"谏鼓篇"，广收先生为环保呐喊的《苏州园林今何在》《吹皱南北湖》和《呼吁：刀斧不入山林》等十一篇随笔，以彰显陈从周先生的人文精神，突出他做人处世的风骨。

陈从周先生是位狷介耿直的学人。他曾是上海市人大代表、政协委员。晚年对名利尤为淡漠。从某种角度看，可以说他是一位"和而不同"者，一位常发"异声"的有良知的知识分子。陈先生有一个诨号叫"大饼教授"，源于在市"人大"会上，为价廉物美的大饼因薄利而消失作一提案，呼吁关心民生。尤为突出的是陈从周先生在环保问题上、在园林建设上，不媚上不流俗，不怕得罪人，以公民的名义勇为人民鼓与呼。且看几个细节：昆明当局破坏景观填滇池一角造高档宾馆，落成典礼时邀陈从周做嘉宾，有关领导请先生题词留念，谁也没想到他写了"回头是岸"四个大字，语骇四座。浙江海盐南北湖炸山取石拉网捕鸟风甚烈，他对这种破坏大自然的劣迹深恶痛绝，劝告无效，遂带记者明察暗访，在《人民日报》《解放日报》和《中国环境报》等大小报刊撰文，呼吁《救救南北湖》，并频频出入杭嘉湖各级领导机关，劝止炸山采石这种吃子孙饭的恶劣行径。有关领导以老百姓要吃饭为借口搪塞，陈从周恼怒："你们这是在践踏老祖宗留下的财富，等于挖祖坟，在卖祖宗！"某日，海盐官员宴请先生，端上一道名为"黄鹂"的佳肴，领导还津津有味地介绍，这就是"鸣翠柳"的"黄鹂"，先生一听，愤然作色，爆粗口"混蛋"，拂袖而去。1985年，嘉兴市委书记慕名求墨，先生愤而作书"放下屠刀，立地成佛，救救南北湖"。同年底，先生为海盐市委书记作画，题字是"在隆隆炮声中挥泪写之"。

因利益驱动，有禁不止，呼吁无果。1991年，陈从周迫不得已给中共中央领导同志写信"告御状"，终得批示，挽救了南北湖。由于先生敢在衙堂谏鼓，敢直面领导说"不"，他招惹不少非议，某市竟然把他打入"不受欢迎者"之列，他亦谑称自己是"阿Q的同乡"，然终不悔矣。故乡人民铭记这位乡贤的恩泽，陈先生过世后，陈从周纪念馆即修建于此。

显然，这些诉求类、讨公道类文字，不属"美文"之列，然而，这些充满家国情怀的随笔谁能说它不美？

陈从周，其名典出《论语》："周监于二代，郁郁乎文哉，吾从周。"梓者，匠也。梓室，陈先生斋名，先生晚年以梓翁自喻。

这些文采铄金匠心独运的随笔出自梓室，书名故用《梓室随笔》冠之。

2017年5月31日
于金陵老学堂

图书在版编目(CIP)数据

梓室随笔 / 陈从周著 ; 张昌华选编 . -- 北京 : 商务印书馆, 2017
（流金文丛）
ISBN 978-7-100-15366-9

Ⅰ.①梓… Ⅱ.①陈… ②张… Ⅲ.①散文集—中国—当代 Ⅳ.①I267

中国版本图书馆CIP数据核字(2017)第228863号

权利保留，侵权必究。

流金文丛
梓室随笔
陈从周 著　张昌华 选编

商 务 印 书 馆 出 版
（北京王府井大街36号 邮政编码100710）
商 务 印 书 馆 发 行
安徽宣城海峰印刷包装有限公司
ISBN 978-7-100-15366-9

2017年10月第1版	开本 787×1092 1/32
2017年10月第1次印刷	印张 9¾

定价：49.00元